無敵名

무적명

5

백준 신무협 장편소설

ORIENTAL FANTASYSTORY & ADVENTURE

dream books
드림북스

무적명 5

초판 1쇄 인쇄 / 2011년 10월 14일
초판 1쇄 발행 / 2011년 10월 24일

지은이 / 백준

발행인 / 오영배
편집팀장 / 신동철
책임편집 / 박민선
편집디자인 / 신경선
펴낸 곳 / (주)삼양출판사 · 드림북스

주소 / 서울특별시 강북구 송천동 322-10호
대표 전화 / 02-980-2112 팩스 / 02-983-0660
편집부 전화 / 02-980-2116 팩스 / 02-983-8201
블로그 / blog.naver.com/dreambookss

등록번호 / 제9-00046호
등록일자 / 1999년 3월 11일

값 8,000원

ISBN 978-89-542-4308-7 (04810) / 978-89-542-4303-2 (세트)

* 지은이와 협의하에 인지는 생략합니다.
* 잘못된 책은 구입한 곳에서 바꾸어 드립니다.

無敵名

무적명

5

백준 신무협 장편소설

ORIENTAL FANTASYSTORY & ADVENTURE

dream books
드림북스

無敵名
무적명

목차

제1장

죄지은 인간들

처음 장백파에 왔을 때부터 큰 사형은 나보다 훨씬 크고 거대했다. 무공을 수련하다 쓰러지면 늘 업어주던 큰 사형의 등은 크고 넓었고, 무엇보다 따뜻했다. 나에게 아버지가 있다면 큰 사형 같은 사람이 아닐까? 그때는 그런 상상을 많이 하곤 했다. 아무래도 그때의 나는 많이 외로웠던 모양이다.

장학의 반월도가 아래위로 보기 좋은 곡선을 그리며 날아들었다. 마치 두 개의 반월도가 늑대의 송곳니처럼 크게 입을 벌리고 먹잇감을 무는 듯한 모습이었다.

비쾌한 그 모습에 재빠르게 옆으로 몸을 튼 장권호

의 묵도가 마치 몽둥이로 개를 패는 듯한 모습으로 반월도를 쳤다. 막는 게 아니라 날아드는 돌을 쳐내는 듯했다.

깡!

"……!"

강한 금속음과 함께 불똥이 튀자 장학의 신형이 크게 흔들리더니 뒤로 날아가 바닥에 내려섰다. 그런 그의 표정은 굳어 있었고, 눈빛은 더욱 사납게 번뜩였다.

예상보다 강한 충격에 목을 몇 번 움직인 장학은 다시 한 발 앞으로 나섰다.

쉭!

장학의 신형이 빠르게 다가오자 장권호 역시 기다렸다는 듯이 그의 반월도를 향해 도를 움직이며 앞으로 나섰다.

따당! 거리는 금속음이 요란하게 울렸다. 빠르게 발을 움직이는 장학에 비해 장권호는 상당히 느린 움직임으로 그의 도를 막고 있었다.

혈화귀객(血花鬼客) 장학.

그 이름을 들으면 사람들은 일단 물러선다고 한다.

그의 별호에서 알 수 있듯 그는 살인을 좋아했고, 그가 상대했던 자들은 늘 죽음을 맞이해야 했다. 그와 싸운 상대는 반드시 꽃잎처럼 만개한 자신의 피바다에 쓰러지며 생을 마감했던 것이다.

그렇다고 그가 사파적인 성격을 가졌다거나 사파라고 볼 수는 없었다. 하지만 손속이 잔인하고 기필코 살인을 봐야 하는 성격 때문에 점점 사람들에게 원한을 사기 시작했고, 그로 인해 강호에서 사파인으로 불리게 되었다.

그에게 잘못이 있다면 강한 무공으로 무수한 사람을 죽여 많은 사람들에게 원한을 쌓았다는 점이다. 결국 그는 평탄한 생활을 할 수 없게 되었고, 사람들의 눈에 띄지 않는 곳으로 움직여야 했다.

하지만 아무리 평범하게 살고 싶어도 그럴 수 없었다. 사람들은 생각보다 훨씬 집요하게 그를 찾아내곤 했다. 그때서야 후회 했지만 이미 늦은 일이었다.

강호에서 은퇴를 할 수만 있다면…….

그러한 생각을 하고 있을 때, 삼도천이 그에게 강호 은퇴를 약속했다.

그에게 있어 이번 장권호와의 대결은 상당히 중요했다. 그를 이겨야 삼도천에서 벗어날 수 있고, 이 강호에서도 자신의 이름이 사라질 수 있기 때문이다. 삼도천은 충분히 그만한 능력을 지닌 곳이었다.

땅!

두 개의 반월도로 내리치는 묵도를 막은 장학이 뒤로 반보 물러섰다. 묵도가 튕겨 나가지 않고 그대로 밀고 들어왔기 때문이다.

"음……."

장학의 이마에 땀방울이 맺혔다. 장권호의 기세는 여전했고, 밀고 있는 힘 또한 마치 거대한 산이 밀고 있는 것처럼 강대했다.

힘에서 자신이 밀리고 있다는 생각에 장학의 인상이 절로 찌푸려졌다.

그것을 본 장권호가 눈을 빛내며 왼손으로 묵도의 도등을 잡고 눌러 앞으로 밀었다.

츠츠츠!

장권호의 힘에 눌린 장학이 미끄러지듯 뒤로 밀려 나갔다.

오 장여나 밀려나간 장학은 뒤에 계단이 있자 계단을 발로 밟으며 장권호의 힘을 견디었다.

그사이 장권호는 계단 위에 서 있는 사람들을 바라보았다. 그들은 장학이 밀려나간 것에도 동요하는 기색이 전혀 없었다. 마치 남의 일을 보는 듯한 시선들이었다.

'동료는 아닌가?'

장권호가 그런 짧은 생각을 하는 순간 묵도의 힘이

느슨해졌다.

그 찰나의 기회를 놓칠 장학이 아니었다. 재빠르게 옆으로 튕겨나가듯 몸을 돌려나간 그의 우도가 장권호의 목을 잘라갔다.

퍽!

허공을 가르는 그의 우도에서 강렬한 소리가 울렸다. 하지만 장권호의 신형은 이미 반보 뒤로 물러선 상태였다.

잔상만을 베어버린 장학은 재빠르게 한 발 물러서며 쌍도를 들었다.

그 순간 수십 개의 묵광이 번뜩였다.

따다다당!

금속음이 요란하게 울렸고, 반월도를 움직이는 장학의 신형 또한 빨랐다.

장권호의 손은 수십 개로 늘어난 것처럼 상하좌우로 번개같이 움직였다. 마치 일정한 초식 없이 장학을 마구 난타하는 것 같았다.

하지만 그 힘은 대단했기에 장학의 발이 조금씩 뒤로 물러서기 시작했다.

"생각보다 대단한 친구군."

짧게 중얼거린 노홍구가 턱수염을 쓰다듬으며 장권

호의 움직임을 관찰하였다. 하지만 상대의 단점을 파악하는 일이 쉽지 않자 짜증스러움이 밀려왔다.

무공을 겨룸에 있어 그 사람의 무공을 미리 본다는 것은 크나큰 이득을 주었다. 자신은 상대를 파악하고 있는데 그 상대가 자신을 모르는 것만큼 큰 장점은 없는 것이다. 무엇보다 목숨을 걸고 행하는 실전에서 그 차이는 커다란 구멍이었다.

"자신의 무공을 숨기고 있는 것인가……."

"그렇다면 더더욱 상대가 대단하다는 증거 아닙니까?"

노홍구의 말에 옆에 서 있던 송범상이 눈을 반짝이며 대답했다. 송범상 역시 장권호의 무공을 견식하고 싶은 마음에 먼저 나서지 않았던 것이다.

"장학은 혈화귀객입니다. 자신의 무공을 숨기면서까지 상대할 수 있는 인물이 아닙니다."

송범상이 미간에 주름을 잡으며 낮은 목소리로 중얼거리자 조용히 앉아 있던 정철이 동의한다는 듯 고개를 끄덕이며 말했다.

"그렇지. 장학을 저렇게 상대할 수 있는 인물이 현 강호에 과연 몇이나 있을까? 그리 많지는 않을 거야……. 그만큼 우리의 상대가 대단하다는 증거지."

정철은 수염을 쓰다듬으며 장권호의 실력을 인정했

지만 기분은 그리 좋지 않았다.

"역시…… 쉽게 보내줄 놈들이 아니었군요."

"과연……."

조용히 있던 우반옥이 말하자 노홍구가 고개를 끄덕였다.

"삼도천이 그리 쉽게 우리를 놔줄 리가 없지요. 목숨을 담보로 해야 할 일이 아니기를 바랐건만……. 역시 쉬운 일은 없군요."

이어지는 우반옥의 말에 삼도천을 떠올린 송범상과 노홍구가 인상을 굳혔다. 삼도천은 자신들의 힘으로 어찌할 수 없는 거대한 존재였다. 그리고 자신들은 그들의 덫에 걸린 한 마리 토끼에 불과했다.

"그에 대해 이렇다 할 정보를 얻지 못한 게 아쉽군."

정철이 다시 중얼거렸다.

그들은 이곳에 오기 전 삼도천을 통해 장권호의 실력이 어느 정도인지 대충은 파악했었다. 그리고 삼도천도 그들의 역량이면 충분하다고 판단했기에 이들 오 인을 보낸 것이다.

하지만 장학이 고전하자 모두들 긴장할 수밖에 없었다.

"백 합이 넘었군."

"속전속결을 선호하는 성격은 아닌 모양이군. 상대를 파악하려는 것인가, 아니면…… 그도 진정 특별한 무공이 없는 것일까?"

노홍구의 말에 혼잣말처럼 중얼거린 송범상은 장학과 장권호의 싸움에서 한시도 시선을 떼지 않았다. 작은 동작 하나까지도 머릿속에 기억하려는 그의 눈빛은 뜨겁게 타오르고 있었다.

따당!

금속음과 함께 불꽃이 튀더니 장학이 뒤로 다섯 걸음이나 물러섰다.

장권호 역시 반보 물러선 상태로 도를 늘어뜨렸다.

"휴우……."

호흡을 길게 가져간 장학은 곧 안정을 찾았다.

짧은 시간에 호흡이 안정된 것으로 보아 그가 얼마나 열심히 수련한 자인지를 알 수 있었다. 그의 체력은 금강처럼 단단했고, 내공 역시 정순한 편이었다. 장권호는 지금까지 만난 젊은 사람들 중 장학만큼 뛰어난 인물은 없을 거라 생각했다.

스슥!

발의 위치를 바꾼 장학이 왼손과 오른손을 위아래로 놓고 도 끝을 장권호에게 겨누더니, 마치 활시위가 뒤로 당겨지듯 무게의 중심을 뒤로 두고 상체를 살짝 꺾었다.

혈랑도법의 기수식으로, 마치 금방이라도 튀어나갈 것 같은 화살을 담은 활을 보는 듯한 모습이었다.

그의 전신에 활력이 도는지 강한 기운이 사방으로 퍼져나가자 장권호가 눈을 반짝이며 입을 열었다.

"도대체 왜 나를 죽이려는 건가?"

장권호의 물음에 장학의 눈빛이 살짝 흔들렸다. 그가 자신의 전신을 감싸던 기운을 마치 끊어버리듯 물었기 때문이다.

장학은 자신의 신경을 거스르는 장권호의 이질적인 기도를 느끼며 입술을 살짝 깨물었다. 이미 상대의 실력이 자신을 뛰어넘고 있다는 사실을 알고 있었지만 그걸 인정할 수가 없었다. 지금까지 자신보다 뛰어난 무인도 몇 번이나 죽인 그였다.

"내 자유를 위해서라면 이해하겠나?"

"자유?"

장권호가 고개를 갸웃거리며 반문했다. 자신의 질문과 전혀 관련이 없는 말처럼 들렸기 때문이다.

"죄를 지었기 때문이지."

"내게 죄를 지은 것이 있었나?"

"네놈과는 처음 만나는데 그런 관계가 성립될 수

있겠나?"
"그래서 물었다."
장권호의 눈동자가 날카롭게 빛났다.
"나와는 처음인데 알지도 못하는 네놈의 죄 때문에 내가 죽어야 한다면 너무 억울하지 않겠나?"
그 말에 장학이 미소를 보이며 낮게 말했다.
"무엇이 궁금한가?"
"누가 자네의 죄를 물은 것인지 궁금하군."
"궁금하면 직접 알아보게나."
휙!
말이 끝남과 동시에 장학의 신형이 마치 늑대처럼 날카로운 송곳니를 보이며 허공을 날더니 두 개의 반월도가 좌우로 장권호의 허리를 물어왔다.
장권호는 재빠르게 분쇄공을 일으켜 도로 막았다.
따다당!
금속음과 함께 장학의 신형이 흔들리며 뒤로 밀려나갔다.
장권호 역시 안색을 굳히며 한 발 물러섰다. 좀 전보다 더한 충격이 팔을 타고 전해지자 절로 눈살이 찌푸려졌다.
장권호는 도를 들어 바닥에 꽂았다.
팍!

도가 바닥을 파고들어가자 장권호가 검의 손잡이를 잡으며 말했다.

"아무래도 나의 도법으로 자네의 그 도법을 이기기란 어려울 것 같네. 미숙한 솜씨지만 검으로 상대하지."

스릉!

그 말과 함께 검을 뽑아든 장권호의 기도가 단단한 바위 같은 모습에서 유약하면서도 부드러운 훈풍을 동반한 갈대의 모습으로 변모하였다.

"검이라……."

멀리서 그 모습을 보던 정철이 눈을 반짝였다. 장권호가 사용할 검법은 분명 도법과 다를 거라 여겼기 때문이다.

그러한 생각을 한 건 다른 사람들도 마찬가지였다. 노홍구와 송범상 역시 날카로운 눈빛으로 장권호의 일거수일투족을 눈에 담았다.

"흥!"

쉭!

콧바람과 함께 장학이 먼저 움직였다. 그의 쌍도가 회오리치며 바람처럼 장권호의 목을 잘라갔다.

장권호가 사선으로 검을 들어 그런 장학의 도를 막았다.

'삭!' 거리는 소리와 함께 장권호의 검면이 자신의 도면을 타고 마치 뱀처럼 손목을 잘라오자 깜짝 놀란 장학이 뒤로 황급히 물러섰다.

"무당?"

장학은 무당파의 검공이 이와 비슷하게 힘을 옆으로 되돌린다는 것을 들었기에 그것이 태극공이란 것을 상기하며 놀라 물었다.

"무당산은 한번 가보고 싶은 곳이지."

장권호의 대답에 안색을 굳힌 장학이 다시 한 번 앞으로 나섰다. 아까와는 달리 신중하면서도 빠르고 짧은 움직임이었다.

쉬쉭!

반월도가 호선을 그리며 팔목을 베어오자 장권호는 검을 들어 반월도면에 부딪히는 척하다 도면에 검이 닿는 순간 손목의 반동을 이용해 옆으로 흘렸다.

퉁!

도가 튕기며 장학의 가슴이 보이자 장권호가 재빠르게 찔러 들어갔다.

장학은 허리를 숙여 피하고는 장권호의 하체를 잘랐다. 신속하고 빠른 대응이었다.

그 행동에 물러서지 않고 오히려 반보 옆으로 움직여 장학의 도로부터 벗어난 장권호는 직후 검면으로 그의 머리를 내리쳤다.

땅!

도를 교차하여 막은 장학이 재빠르게 신형을 돌려 장권호의 검을 튕겨낸 후 그의 허리를 베어갔다. 하지만 장권호의 검이 자신의 좌도를 먼저 흘리듯 움직이자 기다렸다는 듯 도를 뒤집어 반월도의 도등에 검을 걸었다.

땅!

"……!"

장권호의 안색이 굳어졌다. 설마 반월도로 자신의 검을 못 움직이게 잡을 줄은 몰랐기 때문이다.

그 순간 '쉭!' 거리는 바람 소리와 함께 우도가 목을 잘라오자 장권호의 눈빛이 번뜩이며 반월도가 잡은 검을 힘으로 들어 장학의 머리를 베었다.

피핏!

장학과 장권호가 동시에 뒤로 물러섰다.

주륵!

장학은 자신의 볼에 검상이 나타나자 절로 눈살을 찌푸리며 이빨을 깨물었다.

반면 장권호의 목에는 살짝 붉은 기운이 맴돌다 사라졌다. 반월도가 직접 닿지는 않았지만 도풍에 목이 베인 것이다. 하지만 도풍으로 그의 목에 상처를 만들 수는 없었다.

"좋은 초식이군."

"혈아광살(血牙狂殺)을 받아낸 사람은 네놈이 처음이다."

말을 하면서도 장학은 그 상황에서 힘으로 자신을 누른 장권호의 기세에 놀라움을 금치 못하고 있었다. 그의 전신으로 더욱 강한 살기가 감돌기 시작했다.

그 순간 장권호의 신형이 앞으로 뻗어 나왔다.

쉬쉭!

장권호가 먼저 손을 쓸 거라고 생각지 못한 장학은 그의 빠름에 놀라며 날아오는 묵빛 섬광을 피해 신형을 돌렸다.

핑!

그의 귀청을 찢어버릴 듯 날아오는 묵빛 섬광은 날카로웠다.

"큭!"

장학의 볼에 검상이 하나 더 생겨났다.

그 순간 장권호가 망설이지 않고 자신의 가슴으로 파고들자 장학은 재빠르게 쌍도를 들어 검을 막으며 장권호의 하체를 공격했다. 그의 빠른 대응에 장권호는 다시 한 번 검을 비틀었다.

퉁!

검을 막은 도가 장권호의 파쇄공이 가진 강한 힘을 이기지 못하고 튕겨 올라갔다.

그 순간 장학은 자신의 가슴으로 파고들어오는 검끝을 멍하니 바라봐야 했다. 자신을 튕겨내는 힘이 너무 강해 허리가 활처럼 휘어졌기 때문이다. 마치 한 손으로 만세를 부르는 듯한 모습이었다.

툭!

검 끝이 가슴살을 살짝 파고든 채 멈춰 서자 장학은 눈을 부릅떴다.

"……!"

멀리서 지켜보던 정철 역시 눈을 부릅뜨고 있었다. 장권호의 움직임이 순간 안 보였기 때문이다. 자신의 눈으로도 좇기 힘들 정도로 빠른 움직임이자 신속한 행동이었다. 한 치의 망설임도 없는 그의 행동에 놀라움을 금할 수 없었다.

"흠……."

노홍구가 침음성을 남겼다. 정철이 못 본 것을 다른 사람들이 볼 리 만무했다. 우반옥과 송범상 역시 눈동자가 흔들렸다.

*　　*　　*

방 안에 앉아 있던 공 천자는 수염을 쓰다듬으며 창밖으로 시선을 던지고 있었다.

조용히 사색을 즐기는 그의 앞에 소리 없이 청이 나타났다.

"청입니다."

"그래, 그들은 어찌하고 있느냐?"

"아마 지금쯤 장권호와 마주하고 있을 겁니다."

"그렇겠지……. 네가 볼 때 그들이 처리할 수 있을 것 같느냐?"

"확률적으로 묻는 것이라면 반반이라 대답하겠습니다."

청의 대답에 미미하게 고개를 끄덕인 공 천자는 잠시 고민하다 다시 입을 열었다.

"이번 일이 실패하면 당분간 놔두거라. 구주성이 요즘 들썩인다는 보고가 있었다. 당분간은 그쪽에 신경을 써야 할 것 같구나."

"알겠습니다. 허나…… 그자를 그냥 두기에는 너무 위험합니다."

공 천자도 공감한다는 표정을 보였다.

"네 말도 맞으나…… 강호는 넓고 사람들은 많다. 그들이 모두 다 같은 생각을 가진 것은 아니다. 그를 회유하자는 말이 나오기 시작했으니…… 당분간은 구주성에 집중하는 게 좋을 것 같구나."

"알겠습니다."

청은 누가 있어 감히 공 천자의 일을 방해하는지 떠올리려 했다. 천하를 움직이는 삼 인 중 한 명이 바로 눈앞의 공 천자였다. 또한 장권호의 일 역시 그의 손에 의해 움직이고 있었다. 그런데 그런 그를 말릴 수 있는 자가 있다니? 실로 놀라운 일이 아닐 수 없었다. 그런 자라면 필히 그와 어깨를 나란히 하는 사람일 터였다.

'다른 두 천자님께서 그런 것일까? 아니면 설마…….'

"깊이 생각하지 말거라. 너는 단지 구주성만 생각하면 된다."

"예. 그럼."

청은 대답 후 바로 모습을 감추었다. 그의 말처럼 더 이상 신경 쓸 필요가 없기 때문이다. 그가 그렇다면 그런 것이다. 두 번 물을 필요도, 이유를 알 필요도 없었다.

"귀찮은 파리 한 마리를 그냥 두려니 신경이 쓰이고…… 잡자니 손이 가고……."

공 천자는 조용히 중얼거리며 수염을 쓰다듬었다. 그의 눈에 장권호는 아직 강호를 날아다니는 한 마리

파리로 보일 뿐이었다.

지붕 사이 어두운 그림자에 숨어 있던 두 개의 그림자는 상당히 놀란 눈으로 커다란 연무장에서 싸우는 두 사람의 모습을 지켜보고 있었다.

이들은 하오문의 특급 정보원으로, 추월이 보낸 여자들이었다. 우측의 머리를 한 갈래로 묶은 이십 대 초반의 여자가 송이었고, 좌측의 짧은 머리를 한 여자는 연이었다.

둘은 어두운 그림자 속에 마치 박쥐처럼 매달려 눈만 반짝이고 있었다.

"미친놈이군……."

"나는 지금 온몸에 소름이 돋았어요, 언니."

송의 중얼거림에 연이 어깨를 감싸며 말했다. 장권호가 장학을 제압하는 모습 때문이었다.

"혈화귀객이 저렇게 어린아이처럼 당하다니, 믿기 힘들어……. 원래 저렇게 약한 놈이었나?"

송이 다시 한 번 중얼거리며 눈을 반짝이자 연이 그 외의 사람들을 둘러보며 말했다.

"그럴 리가요……. 우리라면 열 합도 못 견딜 자예요. 그런데 남은 사람들도 문제군요……."

그렇게 말한 연은 남은 사람들을 둘러보았다.

"모두 몇 년 전 사라진 고수들이니……. 저들은 다른 사람과 어울릴 줄 모르는 자들인데 어떻게 이곳에 함께 나타났는지…… 의문투성이에요."

"나도 그게 의문이야. 장권호만 따라다니면 되는 쉬운 일이라더니…… 이러다가 우리가 뒈질지도 모르겠다. 제기랄……."

연의 말에 송이 인상을 쓰며 낮게 말했다.

그 순간 둘의 눈동자가 커지더니 어둠 속에 완전히 몸을 숨겼다.

곧 그녀들에게서 멀지 않은 지붕 사이로 작은 그림자가 나타나더니 집 안으로 사라졌다.

그 모습을 지켜보던 송과 연은 호흡을 멈추고 자신들의 존재를 완전히 지워버렸다. 자신들 말고도 이곳을 감시하는 사람이 있다는 것에 놀라움을 감출 수 없었고, 조금만 늦었어도 자신들의 존재를 들킬 뻔했다는 것에 등골이 서늘해짐을 느꼈다.

*　　*　　*

"무슨 짓이지?"

장권호가 검을 찌르지 않고 자신의 가슴 앞에 멈춰 선 상태로 아무런 움직임이 없자 장학이 눈을 번뜩이며 물었다. 그의 의도를 파악하기 힘들었기 때문이다.

잠시 장학을 바라보던 장권호가 검을 거두었다.

장학은 도저히 이해할 수 없는 그 행동에 눈을 부릅떴다.

장권호가 검집에 검을 넣으며 말했다.

"승부는 결정된 것 같은데, 아닌가?"

장권호의 말에 장학이 어이없다는 듯 장권호를 쳐다보더니 이내 웃기 시작했다.

"크큭! 하하하하!"

어이없다는 듯 큰 소리로 웃다 웃음을 멈춘 장학은 침묵과 함께 장권호를 가만히 쳐다보았다.

눈을 반짝이며 장권호의 거대한 그림자를 바라보던 그의 머릿속으로 무수히 많은 기억들이 떠올랐다. 분명 자신도 장권호처럼 당당했던 시절이 있었다.

"우리의 승부는 결정된 게 맞아."

미소를 보이며 장권호를 향해 말한 그는 고개를 끄덕이더니 도를 들고 살기를 일으켰다.

"하지만 나의 승부는 결정되지 않았다."

그의 살기에 장권호의 표정이 굳어졌다.

쉭!

장학의 손이 움직임과 동시에 장권호의 신형이 번

개처럼 그를 덮쳐갔다.

퍼퍽!

"……!"

장권호는 놀란 표정으로 허리를 구부린 장학의 등으로 빠져나온 두 개의 반월도를 쳐다보았다.

뚝! 뚜둑!

장학의 발밑으로 붉은 핏방울이 흘러내렸다. 하지만 고개를 든 그의 눈동자는 여전히 살아서 장권호를 향해 무수히 많은 말을 하고 있었다.

장권호가 저도 모르게 어금니를 깨물자 장학이 그런 그의 얼굴을 향해 떨리는 입술을 움직였다.

"삼도천……."

"……?"

장학은 전신을 크게 떨며 놀란 눈으로 자신을 바라보는 장권호를 향해 말을 이었다.

"그들이…… 시켰다."

"그만!"

순간 검광과 함께 송범상의 검이 장학의 머리를 잘랐다.

퍽!

허공중으로 머리가 솟구친 장학의 신형이 힘없이 바닥으로 쓰러졌다.

송범상은 안색을 찌푸리며 죽은 장학의 모습을 물끄러미 바라보다 장권호에게 시선을 던졌다.

"빠르군."

장권호는 어느새 삼 장이나 물러선 상태였다.

송범상은 장권호의 머리 역시 자를 생각으로 급작스러운 기습을 가한 것이었다. 물론 장학의 입을 막으려는 이유가 더 컸지만 말이다.

분명 장학이 입을 열던 순간만큼은 장권호도 무방비 상태였다. 그런데 자신의 검을 쉽게 피하자 놀람을 금할 수 없었다.

장권호는 굳은 표정으로 송범상을 노려보았다.

송범상 역시 검을 늘어뜨린 채 장권호를 바라보고 있었다. 그의 전신에서 강한 살기가 피어올랐고, 강렬한 기도가 날카로운 바늘로 변해 장권호의 전신을 찔러댔다. 따가움이 느껴질 정도로 날카로운 살기였다.

하지만 장권호의 표정은 곧 평정을 찾았다. 다만 사나운 맹수 같은 시선이 송범상을 향했다.

송범상은 장권호의 기도가 거대하게 다가오자 안색을 바꾸며 검을 잡은 손에 힘을 주었다. 앞에 서서 직접 장권호를 대하자 상상 이상으로 더욱 커 보인 탓이었다. 그에게서 살기를 읽을 수는 없었으나 강렬한 투기는 읽을 수 있었다.

투기와 살기는 엄연히 다른 것이지만 장권호의 투기는 살기조차 능가하는 강렬함을 지닌 듯했다. 상대를 죽이겠다는 마음이 아닌 상대를 이기겠다는 마음이 전해진 것이다.

"삼도천?"

장권호가 낮은 목소리로 말하자 송범상이 마치 자신은 아무것도 모른다는 듯 고개를 갸웃거렸다.

"처음 듣는군."

"훗!"

장권호는 가볍게 미소를 보이더니 한 발 먼저 움직였다. 그 순간 '쉭!' 하는 바람 소리와 함께 장권호의 신형이 잔상만을 남긴 채 송범상의 앞으로 다가왔다.

재빠르게 검을 든 송범상은 마치 장권호의 머리부터 발끝까지 일도양단(一刀兩斷)할 기세로 뻗어나갔다. '팟!' 거리는 공기의 파장음과 함께 송범상의 신형이 극히 낮은 자세로 장권호를 양단하고 지나쳤다.

파팟!

공기의 파공음이 사방으로 울렸다. 눈을 부릅뜬 장권호의 신형이 머리부터 사타구니까지 양단되는 듯하더니 '퍽!' 하는 소리와 함께 허공중에 흩어졌다.

"큭!"

송범상은 옆구리를 잡으며 비틀거렸다. 그의 옆구리는 어느새 피로 물들어 붉은 선혈이 하체를 적시고 있었다. 그가 벤 것은 장권호의 잔상이었던 것이다. 그것은 검 끝에서 느껴지는 감각만으로도 알 수 있었다. 허나 치명상을 입은 상태라 다음 수를 쓸 수도 없었고, 움직임도 둔해져 있었다.

비틀거리던 송범상은 자신의 절초인 유성섬멸(流星殲滅)을 피한 장권호를 노려보았다.

주륵!

이마에서 실낱같은 핏방울 하나가 흘러내려 콧잔등을 적시자 장권호는 손을 들어 이마를 훔친 후 강한 기도를 발산하였다.

'놀랍군…….'

조금만 늦었어도 치명상을 입었을 거란 사실이 떠올랐다. 좀 전에 펼친 송범상의 초식은 전력을 다한 그의 필살의 일격이었다. 급작스러운 기습인 데다 너무도 빠른 시간에 일어난 일이라 조금이라도 반응이 늦었으면 분명 크게 다쳤을 것이다.

"귀신같구나."

송범상이 낮은 목소리로 중얼거리며 장권호의 움직임을 칭찬했다. 허나 그의 표정은 싸늘하게 굳어 있었다. 더 이상 뒤는 없었기 때문이다.

"유령보(幽靈步)라 하지."

"과연…… 그렇군……. 정말 어울리는 이름이군."

고개를 끄덕인 송범상은 낮은 자세로 검을 들었다. 그런 그의 발밑으로 핏방울이 떨어져 내렸다.

그 모습에 살짝 눈살을 찌푸린 장권호가 입을 열었다.

"계속할 생각인가, 아니면 죽은 저 사람처럼 자결할 생각인가?"

장권호는 그가 더 이상 보여줄 것이 없다는 것을 이미 파악하고 있었다. 이제부터 보여줄 것은 초식이 난무하는 모습일 뿐이었고, 한 번 보여준 지금의 초식을 다시 쓸 수도 없을 터였다.

송범상 역시 그것을 잘 알고 있는 듯했지만 포기할 생각은 없어 보였다.

"나를 너무 우습게 보는군. 나는 귀주의 송범상이다!"

그 말과 함께 송범상이 낮은 자세로 반원을 그리며 장권호의 측면으로 다가갔다. 그의 발이 빠르게 교차하며 움직이는 것으로 보아 아직 내력이 남아 있음을 알 수 있었다.

하지만 송범상은 섣불리 공격을 할 수가 없었다. 장권호의 전신에서 뿜어져 나오는 기도가 너무 강한 데다 유성섬멸이라는 필살의 초식이 실패로 돌아갔기 때문이다.

그래도 포기할 수는 없었다.

그런 송범상의 마음을 안 것일까? 장권호가 움직이기 시작했다.

팟!

장권호의 신형이 유령처럼 환영을 그리며 다가오자 송범상은 눈을 부릅뜨며 잔상을 베었다. '파팟!' 거리는 소리와 함께 검광이 번뜩였다. 허나 너무 쉽게 장권호의 신형이 검광 사이로 들어왔다.

장권호가 검의 손잡이로 송범상의 명치를 찍자 '퍽!' 소리와 함께 그의 허리가 활처럼 꺾였다.

그제야 송범상은 장권호와 자신 사이에 얼마나 큰 실력의 차이가 있는지를 느낄 수 있었다.

"어이가 없군……."

밀려오는 고통 속에 허무함이 느껴졌다.

그 순간 장권호의 수도가 송범상의 뒤통수를 후려쳤다.

퍽!

둔탁한 소리와 함께 송범상이 바닥에 힘없이 쓰러지자 장권호는 고개를 들어 남은 사람들을 쳐다보았다.

장권호의 시선에 노홍구가 한 발 나서며 말했다.
"무른 놈이군."
장권호는 미간을 찌푸렸다. 송범상을 죽이지 않은 것에 대한 말처럼 들렸기 때문이다. 더구나 노홍구의 살기는 다른 사람들과 달리 기이하게 끈적거리는 느낌이 들었다. 무수히 많은 사람을 죽여본 자만이 가지고 있는 살기였다.
쉭!
노홍구는 바람처럼 장권호에게 접근했다. 일말의 망설임도 없는 움직임이었다.
장권호의 검이 일도양단의 기세로 노홍구의 머리를 베어가자 노홍구가 우장을 들어 검을 잡으려는 듯 움직였다.
그 행동에 기이함을 느낀 장권호는 재빠르게 뒤로 물러섰다.
팡!
그의 좌장이 어느새 장권호가 서 있던 자리의 공기를 강타했다. 소맷자락이 휘날리는 바람 소리와 주변으로 퍼지는 공기의 풍압에 장권호는 그 힘이 얼마나 큰지를 알 수 있었다. 보통 사람이라면 오히려 검에 더욱 기를 집중해 손을 잘라갔을 것이다.
그것을 노린 노홍구의 움직임이었고, 보통 그 경우

에 그의 좌장은 여지없이 상대의 복부를 강타했다. 한 번의 충격으로 내장을 모두 끊어버리는 그의 장법은 이미 강호에서도 정평이 나 있었다.

"나는 혼성마수(魂性魔手)라 하지. 들어는 보았나?"

"강호에 대해 아는 게 없소."

장권호가 아쉽다는 표정으로 대답하자 노홍구 역시 아쉽다는 듯 고개를 끄덕이고는 양손을 늘어뜨렸다. 곧 소매 속으로 그의 손이 사라졌다.

그 모습을 본 장권호는 살짝 미간을 찌푸렸다. 손을 가린 탓에 그 모양을 알 수 없어 어떤 공격을 해올지 판단하기가 어려웠기 때문이다.

하지만 걱정은 하지 않았다. 손으로 하는 무공은 누구보다 잘 아는 그였다.

장권호가 한 발 나서며 검기를 일으키자 '쉭!' 소리와 함께 그의 묵검이 좌우로 뱀처럼 움직이며 노홍구에게 다가갔다.

그 모습을 눈으로 읽은 노홍구는 재빠르게 손을 내밀었다. 소매에서 튀어나온 손은 수도였고, 붉은 그림자가 어우러진 그의 수도가 검기를 막았다.

'팍!' 거리는 소리와 함께 검을 막은 그는 망설이지 않고 좌수를 움직여 장권호의 왼 어깨를 쳤다.

그의 손이 빠르게 소매에서 빠져나오자 장권호는

재빠르게 뒤로 물러섰다.

슈악!

순간 소매 속에서 튀어나온 손이 갑자기 뱀처럼 길어지더니 장권호의 어깨를 강타했다.

콰!

"……!"

굳은 표정의 장권호가 뒤로 미끄러져 나갔다.

손을 거둔 노홍구는 여전히 소매로 손을 가리고 있었다. 그런 그의 입가에 미소가 걸렸다. 자신의 한 수가 통했기 때문이다. 혼영수(魂影手)에 실린 암경이 장권호의 근육을 찢어놓았을 거란 확신이 들었다. 손의 느낌은 거짓말을 하지 않는다.

"대단하군."

왼 어깨를 손으로 만지며 눈을 반짝이는 장권호에게서 강한 투기가 발산되기 시작했다. 설마하니 손이 늘어날 거라고는 예상치 못했기 때문에 더더욱 놀라고 있는 그였다. 물러서는 순간 내력을 갈무리한 탓에 전신을 호신강기로 보호하지 못해 가벼운 내상을 입을 수밖에 없었다.

"아직 놀라기는 일러. 이제 시작이다."

쉭!

노홍구의 신형이 마치 먹이를 노리는 매처럼 양손

을 넓게 펼치며 날았다. 그의 눈엔 장권호가 들에 뛰어다니는 토끼로 보이는 듯 맹수같이 달려들었다.

파팟!

바람 소리와 함께 그의 소매에서 팔이 튀어나온 순간 매의 발톱처럼 손의 모양이 날카롭게 변해 있었는데, 무엇보다 갈색이라는 점이 눈에 띄었다.

"……?"

그러한 손 모양에 안색을 바꾼 장권호가 검을 움직였다. 날카로운 소성과 함께 묵빛 검광이 번뜩이며 그의 손이 아무렇지도 않다는 듯 검기를 막았다. 피하는 게 아니라 막은 것이다.

"혼영장!"

쾅!

노홍구의 외침과 함께 조(爪) 모양이었던 손이 장법으로 변해 장권호의 검을 강타하자 그의 장법을 막던 장권호의 신형이 뒤로 이 보 물러섰다.

강렬한 충격이 전신을 타고 전해지는 찰나, 노홍구의 신형이 반 장 앞에 나타나 장권호의 양 옆구리를 손으로 찍어갔다.

장권호의 표정이 굳어졌다. 좀 전에 보여준 조법이었다. 노홍구의 손톱이 맹수의 발톱처럼 날카롭게 빛나며 그의 양 옆구리를 찍었다.

퍼퍽!

노홍구는 손에서 느껴지는 강렬한 감각에 눈을 반짝였다. 절로 입가에 미소를 그리며 피를 뿌리는 장권호의 모습을 상상했다. 이제 자신의 손으로 내장을 잡으면 그만이었다.

하지만 잡힌 것은 옷자락뿐이었다. 노홍구의 눈동자가 크게 흔들렸다.

"헉!"

그의 손은 장권호의 살조차 파고들지 못하고 그저 겉옷만 뚫었을 뿐이었다.

그때 '쉭!' 거리는 소리가 귓가에 들렸다. 고개를 들자 검을 머리 위에 든 장권호가 도끼로 장작을 패듯 그것을 내리쳤다.

"금강불괴!"

휘리릭!

노홍구의 신형이 뒤로 십여 장이나 날아갔다. 너무나 신속한 움직임이라 마치 제비처럼 보였다.

부웅!

검이 허공을 가르는 소리가 강하게 울리며 노홍구를 향해 칼날처럼 검풍이 날아들었다.

노홍구는 양 소매로 얼굴을 가려 그것을 막았다.

피피핏!

그의 옷이 바람의 칼날에 베어졌다. 하지만 노홍구는 눈빛조차 흔들림 없이 장권호를 노려보았다. 그의 눈동자가 소매 사이로 반짝였다.

"이럴 수가!"

정철이 자리에서 일어섰다. 저도 모르게 놀라 일어선 것이다. 옆에 있던 우반옥 역시 눈을 부릅뜬 채 일어서 있었다. 믿을 수 없었기 때문이다.

상대는 노홍구였다. 안휘성 일대를 공포로 몰아넣었던 살인마로, 그의 손에 닿은 어떤 것도 온전하지 못하였다. 그의 용갑신공(龍鉀神功)은 강철보다 단단했고, 신검보다 날카로운 무공이라 할 수 있었다.

한데 그런 용갑신공의 혼영수에 맞은 장권호가 온전하다는 것에 당연히 놀랄 수밖에 없었다.

"혼자선 힘들겠지."

정철이 낮은 목소리로 중얼거리자 우반옥이 미미하게 고개를 끄덕였다. 장권호와의 싸움에서 노홍구 혼자서는 장권호를 어찌할 수 없다는 것을 보여주었기 때문이다.

소매 속에 감추어진 손의 모양을 볼 수 없는 탓에 상대의 다음 수를 읽기가 어려웠지만 장권호는 크게 신경 쓰지 않았다. 어차피 모른다 해도 상관없었기 때문이다.

이유는 하나였다. 상대가 공격을 해오려면 무슨 일이 있어도 자신에게 접근해야 했고, 장권호는 그 사실을 잘 알고 있었다.

자신의 무공이 장권호에게 통용되지 않을지도 모른다는 불안감 때문에 노홍구의 머릿속으로 많은 생각이 오갔다. 좀 전의 모습처럼 정말 금강불괴를 이룬 인물이라면 지금 이렇게 상대한다는 것 자체가 우스운 일이었다.

신의 경지에 든 사람을 어떻게 범인이 이길 수 있을까? 그건 말이 안 되는 일이었고, 계란으로 바위를 치는 어리석은 행동이었다.

하지만 이대로 굴복할 수는 없었다. 아직 자신은 최선을 다하지 않았기에 체념하고 물러나기에는 너무 억울했다.

노홍구는 낮은 자세로 소매를 늘어뜨린 채 금방이라도 장권호를 공격할 기회를 노리고 있었다. 그리고 기회라 느낀 순간 노홍구는 자신도 모르게 입술을 깨물고 반보 앞으로 나서며 내력을 끌어 올렸다.

"핫!"

강한 기합성과 함께 폭풍 같은 사나운 기세가 장권

호의 머리채를 잡아갔다. 소매를 빠져나온 그의 손이 마치 아가리를 벌린 뱀처럼 날아들었다.

'쉬악!' 거리는 뱀이 기어가는 소리와 함께 그의 팔이 늘어난 순간, 장권호가 기다렸다는 듯이 왼 주먹을 가볍게 들었다.

팡!

주먹으로 점을 찍듯이 허공을 찍자 강렬한 권풍과 함께 날아드는 뱀의 머리로 무형의 권풍이 날아갔다. 장권호의 절기인 단권이었다.

빡!

"큭!"

노홍구의 얼굴이 절로 일그러지며 잠시 멈춰 섰다. 장권호의 주먹과 마주친 오른손이 마치 쇠를 때린 듯 강한 고통을 호소하고 있었다.

그 순간 장권호의 묵검이 허공을 가르고 날아들었다.

"이런!"

놀란 노홍구가 눈을 부릅뜨며 신형을 비틀었다.

제2장

기연은 하늘이 정한다

자신의 실력을 인정받지 못한다고 불평을 늘어놓는 것보다 자기 자신이 남의 실력을 알아보지 못함을 탓해야 한다. 이는 결국 자기 자신의 실력을 키워야 한다는 소리다.

하지만 사람들은 늘 자기 자신을 타인보다 높게 두는 편이라 남을 인정하지 못하고 자기 자신만 최고라고 생각한다. 그렇기 때문에 서로 믿지 못하고 늘…… 서로 탓하며 상대방의 잘못만을 따진다. 그런 사람이 되고 싶지는 않았다.

파팟!

옷자락이 허공에 날렸고, 노홍구의 신형이 회오리처럼 회전하며 물러섰다.

그사이 장권호는 유령처럼 접근해 그의 가슴을 노리고 검을 찔렀다.

그때 '핏!' 거리는 소리와 함께 좌측에서 백광이 번뜩였다. 우반옥이 나선 것이다.

"이런."

장권호는 설마 다른 사람이 끼어들 거라곤 생각지 못하였기에 움직임을 멈추고 번개처럼 목을 찍어오는 우반옥의 검을 쳤다.

쩡!

강렬한 금속음과 함께 반탄강기를 이기지 못한 우반옥이 뒤로 날아가 바닥에 내려섰다.

그것을 본 노홍구가 성난 표정으로 외쳤다.

"누가 끼어들라고 했나!"

노홍구의 외침에도 우반옥은 잠시 시선만 던질 뿐, 말없이 장권호를 향해 검을 겨누었다.

그녀의 날카로운 기운을 감지한 장권호는 보기와 달리 그녀가 엄청난 고수라고 생각했다. 하지만 검을 잡고 있는 모습이 조금은 어색해 보였다. 그건 검의 고수가 많은 백옥궁의 여자들을 많이 만나본 장권호의 감각과 본능으로 알 수 있는 것이었다.

"건방진 년! 흥! 이놈은 내가 처리할 것이다!"

큰 소리로 외친 노홍구가 바람처럼 장권호의 곁으

로 날아들어 그의 가슴을 향해 손을 뻗었다.

노홍구의 한 수에 신형을 튼 장권호는 왼손을 가볍게 들었다. 그의 단권이었다.

파팡!

허공을 치는 격타음이 들리자 좀 전의 경험을 한 노홍구가 재빠르게 신형을 틀었다. 곧 그의 머리 위로 단권의 '쉬악!' 거리는 파공성이 지나갔다. 절로 가슴이 서늘해지는 기분이었다.

그 순간 노홍구의 면전 앞에 주먹이 나타났다.

"헉!"

빡!

강렬한 격타음과 함께 노홍구의 신형이 허공중에서 세 바퀴나 돌더니 바닥에 고꾸라졌다. 장권호의 단권 삼 연타를 모두 보지 못하고 고개를 들었다 맞은 것이다. 그 충격은 상당했고, 보는 것만으로도 간담이 서늘해졌다.

"이럴 수가……."

단 한 번이었다. 단 한 번의 일권으로 천하의 노홍구가 허공을 세 바퀴나 돌아 바닥에 쓰러졌다.

막 전진하던 우반옥이 그 충격적인 모습에 걸음을 멈추었다. 자신도 모르게 망설인 것이다.

"하앗!"

그 순간 앉아 있던 정철이 의자를 치며 허공을 날아올라 장권호의 머리 위로 손을 뻗었다.

파팟!

삽시간에 장권호의 머리 위에 수십 개의 장영이 나타나 하늘을 뒤덮었다.

그 거대한 모습에 장권호도 놀란 표정을 보였다.

"환영장(幻影掌)?"

장권호는 자신도 모르게 중얼거리며 번개처럼 뒤로 물러섰다.

콰쾅!

청석 바닥이 환영장의 경력을 이기지 못하고 터져나가며 사방으로 흙과 돌조각을 뿌렸다.

그 가운데 선 정철이 눈으로 강렬한 신광을 내뿜었다.

"제법이구나."

"과찬이오."

"네 무공을 칭찬한 게 아니라 환영장을 알아본 것을 말한 것이다."

정철의 말에 장권호는 자신의 생각이 맞았음을 알 수 있었다. 환영장은 강호에서도 일절로 알려진 무공이었고, 장법으로는 손에 꼽는 무공절학(武功絕學)이었다.

장백산을 나와 정영의 대정문에 갔을 때 환영장의 소문을 듣고 꼭 한 번 손을 겨뤄보고 싶다는 생각을 했다. 한데 그 주인공이 눈앞에 있다고 생각하자 왠지 모르게 기분이 좋아지며 절로 가슴이 뛰었다.

"흠……."

장권호의 기도가 조금 거칠게 바뀐 것 같은 느낌에 우반옥이 아미를 찌푸렸다. 그녀의 왼손 검지가 살짝 움직이자 검지와 중지 사이로 대침 하나가 투명한 빛을 발하며 모습을 보였다.

"중원에 대한 지식도 없을 터인데 환영장을 알다니…… 의외로구나."

정철의 말에 장권호는 고개를 끄덕였다.

"강호에 대해 알려준 친우가 있어 들어보았소. 환영장은 상당한 절학이고, 그 무공을 사용하는 환영무자(幻影武子)는 정사 중간의 인물이라 들었소이다."

"나에 대해 아는 모양이군. 더 있나?"

"그는 몇 년 전 강호에서 홀연히 모습을 감추었다고 들었소이다. 물론 그 이유는 모르지만……. 그런 사람을 이 자리에서 보게 되다니…… 나는 운이 좋은 것 같소."

"하하하!"

정철이 크게 웃었다. 그가 자신에 대해 대충은 알

고 있다는 것에 기분이 좋았기 때문이다. 그건 그만큼 자신의 명성이 높다는 반증이었다.

장권호가 담담한 표정으로 물었다.

"왜 모습을 감춘 것이었소?"

"사람은 말이네, 모두 남에게 알리고 싶지 않은 기억을 가지고 있기 마련이네. 나 또한 남에게 알리기 싫은 추악한 과거가 있네. 그것 때문이지……."

말을 하는 정철은 조금 씁쓸해 보였다. 또한 짙은 후회와 연민이 묻어나는 눈빛이었다. 하지만 그의 과거를 장권호가 알 리 없었고, 그가 말해줄 것 같지도 않았다. 그저 순탄치 않은 과거를 가지고 있으리라 짐작할 뿐이었다.

"삼도천은 도대체 무엇이오?"

"강호에서 가장 힘이 있는 곳이지. 이 정도면 답이 되었나?"

장권호는 고개를 끄덕였다. 처음 듣는 이름이었고 궁금한 것도 많았지만 그 정도의 답이면 충분했다. 나머지는 자신이 풀어야 할 숙제였다.

"그럼 우리에게 남은 일을 마무리하세나."

정철이 강한 살기를 보이자 장권호가 검을 검집에 넣으며 말했다.

"꼭 목숨을 걸고 싸워야겠소?"

"물론이네. 겁이 나는 것인가?"

장권호는 미소를 보이며 손을 저었다. 겁이 날 이유가 하나도 없었기 때문이다. 단지 지금 이 상황이 싫을 뿐이었다. 처음 보는 사람과 아무런 이유도 없이 싸워야 한다는 것 자체가 싫었다.

"단지 무의미한 짓이 아닌가 해서 하는 말이오."

"자네에게는 무의미한 싸움일지도 모르지……. 하지만 내겐 의미가 크네. 나의 지난 과거가 사라지는 일이니."

"삼도천이 약속한 것이오?"

장권호의 물음에 정철은 말없이 고개를 끄덕이고는 옆으로 서서 상체를 살짝 숙였다.

"우린 말을 너무 많이 한 것 같네."

그의 행동에 장권호가 눈을 반짝였다.

핑!

허공을 가르는 미세한 공기의 파공성에 장권호는 시선을 돌려 좌측을 바라보았다. 그곳에 아주 작은 점 하나가 반짝이고 있었다. 우반옥이 날린 대침이었다.

장권호의 손이 어느새 얼굴 앞에 나타나 대침을 손가락 사이로 잡았다.

쉭!

바람 소리가 강렬하게 일어났다. 대침을 잡는 그 짧은 순간 정철의 신형이 어느새 장권호의 반 장 앞에 나타나 있었다.

파파팟!

십여 개의 장영이 눈 깜짝할 사이에 장권호를 덮어 버렸다.

콰쾅!

* * *

꿀꺽!

정철이 나서는 순간 송의 입안에서 침이 넘어갔다. 상대가 정철이었기 때문에 더욱 크게 숨을 죽일 수밖에 없었다. 칠 년 전 그가 사라지기 전까지 그의 명성은 강남 일대를 주름잡았었던 것이다.

『정철이 나서는군요.』

옆에 있던 연이 전음으로 입을 열었다.

그녀의 낮은 목소리에 송은 고개를 끄덕였다. 연 역시 상당히 긴장한 표정이었다. 하지만 그 와중에도 그녀는 대전 안에 모습을 감춘 상대를 파악하기 위해 노력하고 있었다.

『과연 정철을 이길 수 있을까? 거기다 사천당가에

서 쫓겨난 우반옥도 있는데……. 쉽지 않을 것 같아.』

연 또한 송과 같은 생각이었다.

한 번에 두 명의 고수를 상대한다는 것이 얼마나 어려운 일인지 그녀도 잘 알고 있었다. 일반적이라면 정철과 우반옥을 동시에 상대한다는 것 자체가 절망적인 상황이었다.

하지만 지금은 일반적인 상황이 아니었다. 귀문주조차도 어쩌지 못한 인물이 장권호였기 때문이다. 이런 고수와 고수의 싸움은 평생 한 번 보기도 어려웠다.

『대전에 숨은 놈도 호흡이 조금 거칠어지는군요. 상당히 긴장한 모양이에요.』

연의 전음에 송은 고개를 끄덕였다. 그녀도 확실하게 호흡의 흐름을 느낄 수 있었기 때문이다.

콰쾅!

강렬한 폭음 소리와 함께 강한 바람이 사방으로 몰아치자 그녀들의 옷깃까지 흔들렸다.

그녀들은 눈을 반짝이며 연기처럼 피어오른 먼지 사이로 떠오른 장권호와 정철을 좇았다.

파팟!

바람처럼 허공을 밟고 오른 우반옥의 손에서 두 개의 대침이 번뜩였다.

소리 없이 빠르게 날아오는 대침을 본 장권호가 허공중에 몸을 틀어 일권을 내질렀다.

붕!

강한 풍압이 날아드는 대침을 밀어내자 놀란 우반옥이 눈을 부릅뜨며 땅에 내려섰다.

그 순간 정철의 장영이 장권호의 가슴을 강타했다.

쾅!

"……!"

강렬한 충격에 뒤로 날아가 바닥에 내려선 장권호는 왼 가슴을 문지르다 내장이 뒤틀리는 고통에 잠시 비틀거렸다.

"으음……."

절로 신음성을 내뱉고는 싸늘한 표정으로 정철과 삼 장의 거리를 두고 서 있는 우반옥을 바라보았다. 둘의 연계가 상당히 정교했고, 빠른 데다 강하기까지 했다.

'귀찮군.'

장권호는 우반옥에게 잠시 시선을 주었다가 정철을 바라보았다. 소리 없는 우반옥의 암기가 상당히 거슬렸다. 그녀의 존재로 인해 정철과 제대로 손을 겨룰 수 없었기 때문이다.

휙!

바람처럼 빠르게 움직인 장권호의 신형이 십여 개의 잔상과 함께 우반옥에게 향했다.

우반옥은 갑작스럽게 그가 자신을 향해 다가오자 재빠르게 물러서며 세 개의 비침을 날렸다.

피피핑!

공기를 가르고 날아드는 비침의 날카로운 파공성에 신형을 좌우로 움직여 그것을 피한 장권호는 곧 우반옥의 앞에 다다랐다.

그 순간 정철의 장영이 옆얼굴로 날아들었다.

쐐애액!

강렬한 파공성과 강한 내력이 담긴 장영이었다. 한 번 맞으면 바위조차 산산이 조각날 위력이 분명했다.

소리만으로도 충분히 그 위력을 짐작할 수 있는 장영의 모습에 장권호는 재빠르게 앉았다.

'휙!' 소리와 함께 장영이 머리를 스치고 지나치자 이번엔 우반옥이 단도로 목을 잘라왔다.

슥!

단도의 날카로운 빛이 목을 자르려는 찰나, 그의 오른손이 도날을 잡았다.

"헉!"

갑작스러운 장권호의 행동에 놀란 우반옥이 눈을 크게 떴다.

그 순간 그의 왼 엄지가 우반옥의 이마를 눌렀다.

"컥!"

이마를 뚫고 못이 박히는 듯한 충격을 느낀 우반옥은 몸을 떨다 입술 사이로 피를 흘리고는 이내 힘없이 바닥에 쓰러졌다.

쉬악!

장권호는 우측에서 날아드는 강렬한 소성에 재빠르게 신형을 틀어 우권을 뻗었다.

쾅!

"크!"

신음과 함께 뒤로 물러선 정철이 손을 털었다. 장권호의 권과 마주친 순간 강렬한 통증이 밀려왔기 때문이다.

"뭐지? 지풍인가?"

"단순한 권법일 뿐이오. 그저 암투경에 당했을 뿐……."

"놀라운 내가중수법이로군."

겉은 멀쩡해도 속이 망가지는 장권호의 권경에 정철은 고개를 끄덕였다. 자신의 손이 아픈 이유 역시 장권호의 내가중수법에 담긴 힘 때문이란 것을 알 수 있었다.

"어렵군……."

정철이 가만히 중얼거리며 앞으로 나섰다.

그의 쌍장이 비쾌하게 눈앞에 나타나자 장권호는 재빠르게 단권을 펼쳤다.

파팡!

장영과 단권이 부딪치는 찰나, 정철의 모습과 함께 장영이 사라졌다.

"……!"

장권호는 놀란 표정을 감출 수 없었다. 자신의 눈을 피했기 때문이다.

그때 바로 등 뒤에서 정철의 목소리가 들렸다.

"하지만 느려."

쾅!

"……!"

정철의 쌍장에 신주(身柱)와 명문(命門)의 두 혈을 강타당한 장권호의 신형이 앞으로 날아갔다.

"크!"

그의 입에서 신음성이 터져 나왔다. 하지만 그는 재빠르게 신형을 돌려 정철을 바라보고 섰다.

그러한 장권호의 모습에 놀란 사람은 오히려 정철이었다.

"대단한 의지력이다."

정철은 그를 칭찬하며 바람처럼 앞으로 다가갔다.

정철이 다가오는 것을 장권호는 가만히 바라봐야 했다. 두 혈을 강타당하는 바람에 아주 잠시지만 몸을 움직일 수 없었기 때문이다. 순간적으로 내력이 막히게 된 것이다.

그 찰나의 순간이 정철에겐 매우 중요했다. 어떻게든 지금 끝을 내야 했다.

바람 소리와 함께 날아드는 정철의 우장이 장권호의 심장을 노리고 있었다. 지금 심장을 맞게 된다면 분명 심장이 멈출 것이다. 그 정도의 내가중수법은 정철도 쓸 수 있었다.

막 심장에 장심이 닿으려는 순간, 장권호의 전신으로 강렬한 기운이 솟구치며 덩치가 두 배 정도 늘어났다.

그것을 본 정철의 눈이 커졌다. 하지만 손을 빼기에는 너무 늦은 상황이었다.

쾅!

"크악!"

강렬한 폭음과 함께 손목을 잡고 뒤로 날아가 땅에 내려선 정철은 식은땀을 흘리며 부러진 자신의 좌수를 붙잡고 있었다.

고개를 든 그는 전과 다를 게 없는 장권호를 쳐다보았다. 하지만 분명 좀 전에는 장권호가 두 배 정도 커 보였었다.

그때 장권호의 신형이 팟! 하고 흔들리더니 어느새 눈앞에 나타났다. 순간 정철의 표정이 굳어졌다.

퍽!

장권호의 수도가 목 뒤의 천추혈을 강타하자 정철은 힘없이 바닥에 쓰러졌다.

장권호는 이내 허리를 숙이고 거친 호흡을 토했다.

"허억! 허억!"

크게 호흡을 한 그는 긴 숨과 함께 허리를 폈다. 그의 이마에 땀방울이 하나 흘러내렸다. 장백삼공에서 갑작스럽게 이 단계로 올라간 탓에 몸에 무리가 온 것이다.

내력이 한순간 끊겼을 때 위험을 감지했다. 자신도 예상치 못한 정철의 움직임 때문이었다. 아마 정철은 그의 모든 내력을 끌어모아 마지막 수를 펼친 것이 분명했다.

장권호는 끊긴 내력이 돌아오는 순간 장백삼공의 이공을 펼쳤다. 그리고 혼신을 다한 정철의 좌장을 반탄강기로 받아낸 것이다.

"좋아! 좋아!"

크게 소리치며 대전에서 나오는 흑의인의 모습에 장권호가 시선을 들었다. 누군가 있다는 것이 놀랍기도 했지만 자신조차 기척을 느끼지 못한 상대라는 점이 더욱 놀라웠다.

스릉!

흑의인은 검을 든 채 장권호를 바라보며 걸음을 옮기다 멈춰 섰다. 그리고 가볍게 그것을 땅으로 꽂았다.

퍽!

"……!"

장권호는 놀란 눈으로 바닥에 쓰러진 노홍구의 목을 뚫은 검과 흑의인을 번갈아 바라보았다.

"뭐하는 짓이지?"

"크게 신경 쓰지 말게나, 내 할 일을 하는 것뿐이니까."

슥!

피 묻은 검을 비틀어 뽑아든 그는 마치 산보라도 나온 사람처럼 평온한 표정을 한 채 느리지도 빠르지도 않은 걸음으로 삼 장 옆에 죽어 있는 장학에게 다가가 검을 들어 죽은 자를 다시 한 번 죽이는 그였다. 뒤처리를 확실하게 한 것이다.

"그만둬."

장권호의 말을 무시하듯 검을 움직이는 그였다.
푹!
쾅!
검이 장학의 목을 뚫는 순간 허공을 날아 십여 장 뒤에 쓰러져 있는 우반옥의 옆에 내려선 흑의인은 미소를 띤 채 장학의 시신 앞에 서 있는 장권호를 바라보았다.
슥!
그리고 검을 들어 망설이지 않고 우반옥의 백회혈에 박았다.
푹!
장권호는 검이 백회혈을 뚫고 들어가는 소리가 낮게 울리자 어깨를 떨었다. 그것은 분노였다.
처음으로 살심을 느낀 장권호의 신형이 움직였다. 하지만 어느새 흑의인은 송범상의 심장에까지 검을 박아 넣은 상태였다.
"호오!"
흑의인은 장권호의 신형이 눈앞에 나타나자 비쾌하게 검을 움직여 세 번 원을 그렸다.
피피핑!
검기의 원이 칼날처럼 장권호의 전신을 조각내었다. 하지만 잔상만이 잘렸을 뿐, 장권호의 신형은 어느새 물러선 흑의인의 앞에 서 있었다.

이내 세 개의 권영이 나타나자 유령처럼 몸을 흔들어 피한 흑의인이 정철의 옆에 멈춰 섰다. 그리곤 아무런 망설임도 없이 정철의 목을 검으로 그어버린 후 신형을 돌렸다.

그 순간 그의 눈앞에 장권호의 일권이 나타났다.

쾅!

강렬한 파공성과 함께 허공으로 날아오른 흑의인이 손을 흔들며 말했다.

"나는 풍비(風裨)라 한다. 또 만나자. 하하하하!"

쉭!

장권호가 풍비의 뒤를 따라 뛰어올랐으나 어느새 이십여 장이나 멀어진 그 모습에 안색을 바꾸고는 땅에 내려섰다. 자신의 경공으론 따라갈 수 없다는 것을 판단했기 때문이다.

"풍비라……."

가만히 중얼거린 장권호는 곧 굳어진 표정으로 주변을 둘러보았다. 눈앞에 목이 잘린 정철의 시신이 보였고, 그 뒤로 우반옥과 다른 사람들의 시신도 눈에 들어왔다. 모두 자신의 손에 정신을 잃은 자들이었다.

반나절만 지나면 절로 눈을 뜰 사람들이었는데, 홀

연히 나타난 풍비라는 인물로 인해 지금은 주검으로 변해 있었다.

기분이 좋지 않았다. 아니, 더럽다고 해야 할 것이다. 중원에 나와 처음으로 느끼는 기분이었다.

유가장의 뒤편에 다섯 개의 봉분이 만들어졌다. 그들을 일일이 땅에 묻은 장권호는 각진 청석 바닥으로 묘비를 만들고 각각의 이름을 적어놓았다. 비록 오늘 처음 만난 사람들이고 자신을 적대시한 사람들이지만 그들과는 아무런 원한이 없었다.

원한이 있다면 아마 그건 강호라는 세상일 것이다. 문득 그런 기분이 들었다.

묘비를 하나씩 둘러보던 장권호는 곧 신형을 돌렸다.

* * *

송과 연은 처음부터 끝까지 이 싸움을 전부 지켜보았다. 처음에는 말도 안 되는 싸움이라 생각했고 장권호가 이길 수 있을까, 하는 의문도 가져야 했다.

그런데 결과는 반대였다.

장권호의 싸움은 조금 독특했으며, 상당히 빠른 속도전이었다. 그의 움직임을 눈으로 살피고 머릿속에 기억하려 했지만 쉽지가 않았다. 무엇보다 그의 단권은 너무 단순해서 특별한 설명도 필요 없을 것 같았다.

그저 가볍게 정권을 내질렀을 뿐이다. 그게 다였다. 그런데 문제는 내지른 후에 일이났다. 그의 권풍이 좀 특별했기 때문이다. 그중에서도 회오리치는 권풍 속에 담긴 내가중수법은 필히 알아둬야 할 사항이었다.

하지만 그걸 어떻게 알아낼 수 있단 말인가? 단지 특징으로 둘 수밖에 없었다. 머리부터 발끝까지 내가중수법을 구사하는 초절정의 고수였다고 말이다.

"언니, 이리 와봐요."

모두 떠난 유가장의 연무장 중앙에 서서 땅을 살피던 연이 송을 불렀다.

"왜?"

"엄지 부분만 깊은데요."

연은 바닥에 그려진 발 모양을 살피며 쭈그리고 앉았다. 송 역시 그 옆에 앉아 유심히 살펴보았다. 발바닥은 분명 엄지 부분만 조금 깊게 패어 있었다.

"엄지발가락으로 몸을 지탱하는 것일까?"

"그게 아니라 움직일 때 그런 게 아닐까요?"

연이 족적을 좇으며 말하자 송은 다른 발자국을 찾

기 위해 주변을 살폈다. 하지만 눈에 띄는 발자국은 없었다.

"이때가 어떤 상황이었지?"

송의 물음에 연은 장권호의 움직임을 떠올리기 위해 노력했다. 그러다 장권호가 마지막에 검을 버리고 단권을 펼쳤을 때의 장소가 여기였다는 것을 떠올렸다.

"장권호가 주먹을 사용했을 때였어요."

"그랬군……."

송은 미미하게 고개를 끄덕이며 장권호가 처음으로 단권을 사용했을 때의 모습을 떠올렸다. 그때 분명 여기서 정철의 환영장을 받아쳤다.

곧 그녀는 발자국이 찍힌 바닥을 떼어내 옆구리에 끼었다. 혹시라도 이게 장권호의 내가중수법을 파악할 수 있는 자료가 될지도 모르기 때문이다.

"일단 가지고 가자."

"그렇게 해요."

*　　*　　*

길을 걷던 장권호는 잠시 고개를 돌려 쓰러져가는 유가장의 담장을 바라보았다. 만약 이곳에 무적명이 있었다면 어땠을까, 하는 생각이 들었다.

그가 있었다면 자신은 과연 그를 이길 수 있었을까?

무적명의 명성은 생각보다 높았고 바다처럼 넓었다. 그런 사람을 상대로 싸워야 한다는 것에 문득 두려움도 들었다. 하지만 그러한 마음은 늘 가지고 다니는 것이라 애써 자신을 타일렀다.

한참 길을 걷던 그는 길가에 있는 주점을 발견하곤 안으로 들어갔다. 주변에 보이는 것은 포양호의 수면과 한가롭게 노니는 새들뿐이었다.

의자에 앉자 점원이 다가왔다.

"무엇을 드릴까요?"

장권호는 소면 하나를 주문했다.

얼마 지나지 않아 점원이 소면 그릇을 들고 다가와 탁자 위에 올려놓았다.

"남창까지 먼가?"

"이곳은 처음이오?"

장권호가 고개를 끄덕이자 점원은 그럴 줄 알았다는 표정이었다. 이곳에서 남창까지의 거리를 묻는 것으로 보아 이 근방 사람이 아닌 듯했기 때문이다.

"멀지요. 배로 가는 게 나을 것이오. 요 앞 나루터에 가면 남창까지 가는 배들이 있을 거요."

점원의 설명을 들은 장권호는 젓가락을 들고 소면을 먹기 시작했다.

절반쯤 그릇을 비웠을 때 두 명의 젊은 처자가 들어왔는데, 바로 송과 연이었다. 그녀들은 장권호를 보고도 아무렇지도 않다는 듯 한쪽에 앉아 음식을 시켰다. 점원도 젊은 처자들을 보자 기분이 좋은지 장권호에 비해 살갑게 그녀들을 대했다.

두두두!

젓가락을 움직이던 장권호는 말발굽 소리에 잠시 손을 멈추었다.

곧 말의 울음소리가 들리더니 문을 열고 십여 명의 남색 경장을 차려입은 무인들이 들어와 앉았다. 그들은 모두 어깨에 검을 차고 있었으며, 상당한 수련을 쌓은 듯 눈빛 또한 날카롭게 빛나고 있었다.

한쪽에 앉은 장권호를 비롯해 송과 연을 한 번 본 그들이 신분을 물어왔다. 송과 연은 호패를 보여주며 평범함을 가장했고, 장권호 역시 호패를 보였다.

"장권호?"

장권호라는 말에 놀란 무사가 머리끝부터 발끝까지 천천히 장권호를 살폈다. 초라한 그의 행색으로 보아 강호에서 위명이 자자한 인물로는 보이지 않았기 때문이다.

"그럴 리가 없지."

무사는 혼자 중얼거린 후 다시 장권호의 손에 호패를 쥐어주었다.

그 순간 이십 대 중반의 미청년이 문을 열고 모습을 보였다. 그는 허리에 붉은 수실이 달린 검을 차고 있었는데, 검집 또한 붉은색인 것이 인상적이었다. 더구나 빼어난 미남으로, 피부가 여자처럼 백옥 같았다.

송과 연을 한번 본 후 장권호에게 잠시 시선을 주었던 그는 이내 무시하고 무사들이 마련한 자리에 착석했다.

점원이 공손한 자세로 다가오자 그들은 음식을 주문했다.

마침 소면을 다 먹은 장권호가 자리에서 일어서며 묵도와 묵검을 챙겼다.

그것을 본 미청년이 순간 눈을 반짝였다.

평범한 옷차림의 송과 연이었기에 남궁세가의 무사들은 그녀들을 크게 의식하지 않았다. 이 근방의 평범한 아낙들이라 여긴 것이다.

하지만 송과 연은 미청년의 모습에 속으로 상당히 놀라 있었다. 더구나 남궁세가의 무사들이 이렇게 대

거 눈앞에 나타나자 목구멍으로 음식이 쉽게 넘어가지 않았다.

하오문과 남궁세가는 적대적인 관계였기에 그들은 절대 하오문의 사람들을 용서하지 않았다. 눈에 띄는 족족 죽이곤 했던 것이다.

그렇기 때문에 하오문에서도 남궁세가에 원한이 있는 사람들이 많았지만 감히 어쩌지 못하였다. 상대는 강남에서 제일이라 불리는 남궁세가였기 때문이다.

『남궁세가주의 차남 남궁정이군요.』

『조심하는 게 좋아. 남궁세가주의 아들 중에서도 남궁명과 남궁정은 절정의 고수들이니까.』

송의 전음에 연이 미미하게 고개를 끄덕였다.

"령아는?"

남궁정의 물음에 옆에 앉아 있던 삼십 대 후반의 무사가 대답했다.

"아직 연락을 받지 못했습니다. 하지만 조만간 찾을 것입니다."

"멍청한 계집 같으니……."

남궁령이 자신의 동생임에도 차갑게 말하는 그였다.

모용휘와 헤어진 그녀가 사라진 지 어느새 이틀이 지났다. 남궁세가에선 크게 걱정하여 그녀를 찾으러

나섰으나 아직까지 소식이 없었다.

비록 말은 차갑게 했지만 속으로는 크게 걱정하고 있는 남궁정이었다. 그렇기 때문에 직접 세가를 나와 그녀를 찾는 것이었다.

"멍청한 휘 새끼……."

남궁정은 모용휘를 욕하며 싸늘하게 눈을 반짝였다. 지금이라도 눈앞에 모용휘가 있다면 당장에 찢어 죽일 기세였다.

일순 주점 안의 공기가 차갑게 변하였다.

송과 연은 그 틈을 타 소리 없이 빠져나와 장권호를 쫓아갔다.

"이미 포양호 일대에 사람들을 풀었으니 조만간 소식이 올 것입니다."

"소식이 왔으면 벌써 왔어야지……."

낮은 목소리로 중얼거리며 고개를 젓던 남궁정은 문 쪽에서 사람의 그림자가 보이자 본능적으로 시선을 돌리다 안으로 들어온 남궁령과 눈이 마주쳤다.

"어머?"

남궁령은 주점 안에 남궁세가의 무사들과 남궁정이 앉아 있자 매우 놀란 표정으로 눈을 동그랗게 떴다.

"도대체 어떻게 된 거야?"

화난 표정으로 다가오는 남궁정을 본 남궁령은 그

런 모습조차 귀찮다는 듯 손을 저으며 물었다.

"여기 검하고 도를 든 사람 못 봤어?"

"무슨 소리야?"

남궁령의 급작스러운 물음에 화를 내던 남궁정이 궁금한 표정을 보였다.

"그런 사람 봤냐고?"

"너…… 집에 오지도 않고 사람 찾아다닌 거냐?"

"답답하게 왜 그래? 묻는 것에만 대답해. 왔었어?"

남궁령이 눈을 가늘게 뜨고 짐짓 화난 표정을 보이자 남궁정이 한발 물러섰다. 괜스레 화나게 해서 좋을 게 없었기 때문이다. 무엇보다 그녀를 찾았다는 것이 중요했다.

"그런 사람 모른다."

짧게 대답한 남궁정이 다시 말을 이었다.

"그것보다 아버님이 걱정하시니 얼른 돌아가자."

남궁정의 말에 남궁령은 짧은 숨을 내쉬었다.

그때 남궁정의 옆에 있던 젊은 무사가 말했다.

"좀 전에 그런 사람 있었는데요?"

"뭐? 정말이야?"

"예."

무사의 대답에 매우 놀란 표정을 보인 남궁령이 재빠르게 신형을 돌려 밖으로 나가려 했다.

남궁정이 그런 그녀의 어깨를 잡았다.

"어딜! 집에 돌아가자."

남궁령은 자신을 잡은 남궁정을 싸늘하게 노려보았다.

"도대체 누군데 그리 쫓아다니는 것이냐?"

남궁령의 눈초리에 손을 내린 남궁정이 조금 화난 표정으로 남궁령을 바라보았다. 지금 생각해보니 주점에 초라한 젊은 청년이 한 명 있었던 것 같았다. 하지만 남궁세가의 자식이 그런 남자를 쫓았다는 것에 더욱 화가 났다.

"그 사람…… 장권호야."

"장권호?"

잠시 그 이름을 떠올린 남궁정이 눈을 크게 떴다.

"장권호라고? 그 장권호?"

"그래, 그 사람이 맞아."

남궁령이 짧은 숨을 내쉬며 대답하자 남궁정은 삽시간에 안색을 바꾸었다.

"그 사람…… 강남으로 왔어. 이번 아버님의 생신 때 집에 초대할 생각으로 찾아다닌 거야."

"손님이라…… 나쁠 것도 없지."

장권호라는 말에 생각을 바꾸는 남궁정이었다. 그런 사람이 세가에 들어온다면 분명 힘이 될 것이다.

하지만 그것보다 중요한 일이 있었다.

"그 일은 세가에 알리면 될 테니 이만 돌아가자. 내가 집을 나온 이유는 너를 데려가기 위함이니."

"장권호를 만나면 갈 테니까 오빠는 먼저 가."

남궁령이 그렇게 말하며 신형을 돌리자 남궁정이 다시 그녀의 어깨를 잡았다. 그에 싸늘한 표정으로 노려보는 남궁령이었지만 이번에는 남궁정도 정말 화난 표정이었다.

"아버님이 기다리신다."

그의 낮은 목소리에 지그시 입술을 깨문 남궁령이 땅을 한 번 발로 구르더니 고개를 돌렸다.

"알았어."

그제야 남궁정은 입가에 미소를 그리며 그녀의 어깨를 두드려주었다.

*　　*　　*

희미하게 수면 위로 스며든 빛이 지금은 낮이라는 것을 말해주고 있었다. 수면 위로 비치는 빛이 아니라면 동굴 안은 칠흑 같은 어둠에 싸여 있었을 것이다. 그나마 빛이라도 들어오기에 동굴의 모습이 어렴풋이 보였다.

수면에 반사되는 빛에 보인 동굴은 그리 깊지 않았지만 상당히 넓었다. 동굴의 반은 물에 잠겨 있었고 나머지 오 장여의 공간만이 뭍으로 남아 있었다.

그 가운데 조금 튀어나온 바위 위에 사람이 한 명 앉아 있었다.

산발한 머리카락은 바닥을 덮고 있고, 얼굴은 머리카락에 가려 잘 보이지도 않았다. 옷은 백의였으나 지금은 누렇게 변색되어 있는 데다 여기저기 뜯어진 자국이 보였다. 누가 보면 거지나 광년이라고 부를 만한 모습이었다.

남자인지 여자인지도 분간하기 어려운 모습의 사람은 깊은 잠에 빠진 듯 아주 천천히 숨을 쉬고 있었다.

그때 동굴 뒤쪽의 흙 사이로 백색 점이 하나 나타났다. 점은 조금씩 모습을 보이더니 이내 선이 되었고, 사삭거리며 땅을 기어 사람에게 다가왔다.

곧 백색의 선 중 앞부분이 사람의 머리카락에 닿았다.

그 순간 사람의 눈동자가 빛을 발하며 떠지더니 섬전처럼 선을 낚았다. 마치 백색의 선을 기다렸다는 듯 허공을 날던 독수리가 먹이를 노리고 달려가는 모습 같았다.

"훗!"

입술 사이로 작은 웃음이 흘러나왔다.

손에 잡힌 백색 선을 눈앞에 든 사람은 그것이 백사(白蛇)임을 확인하자 익숙하게 목을 비틀어 잘랐다. 그런 후 익숙한 손놀림으로 껍질을 벗기더니 허겁지겁 씹어 먹기 시작했다.

"쩝! 쩝!"

상당히 배가 고팠는지 백사 한 마리가 순식간에 사람의 배 속으로 사라졌다.

소매로 입술을 훔친 사람은 곧 자리에서 일어나 물가로 다가가더니 고개를 숙여 물을 마셨다. 그리곤 세수를 한 뒤 뭍으로 밀려온 젖은 나뭇가지들을 주워 한쪽에 쌓았다.

"하아…… 언제쯤…… 언제면 나갈 수 있을까?"

사람의 입에서 흘러나온 목소리는 남자가 아닌 여자의 것이었다.

그녀는 바로 서영아였다.

추소려의 추적을 피한 그녀가 이곳에서 생활한 지도 꽤 되었다. 처음에는 날짜를 세었으나 그것도 어느 순간부터 잊어버렸다. 이제 며칠이 지났는지, 지금이 어떤 계절인지조차 기억이 나지 않았다.

그만큼 시간에 대해 무감각해진 그녀는 그저 장권호가 가르쳐준 무공만 생각하고 있었다.

서영아는 한쪽에 쭈그리고 앉아 옆에 보이는 평평한 돌 위로 손을 움직였다.

장권호

돌 위에 새겨진 이름은 분명 장권호였다.

그의 얼굴을 떠올리며 고개를 숙인 그녀는 문득 손을 들어 자신의 얼굴을 만지다 여전히 거친 피부의 느낌에 입술을 깨물었다.

'정말 환골탈태를 할 수 있을까? 아니, 환골탈태를 하게 되면 정말 내 얼굴이 다시 돌아오는 것일까? 그게 정말일까?'

그녀는 몇 번이고 반복해서 했던 생각들을 다시 하기 시작했다. 운기를 마치고 눈을 뜨면 할 수 있는 일이라곤 그저 그런 생각들과 과거에 익힌 무공들의 복습뿐이었다. 그게 하는 일의 전부였다.

시간 감각마저 잃어버린 그녀에게 남은 것이라곤 이제 무공뿐이었다.

'일단 해보고 나서 생각하자. 만약 환골탈태를 하고도 아무런 변화가 없다면…… 끝까지 쫓아가서 죽여버리고 말겠어.'

서영아는 장권호의 얼굴을 떠올렸다. 하지만 죽이

고 싶은 마음은 어디에도 없었다. 그저 보고 싶을 뿐이었다.

하루라도 빨리 무공을 완성한 후 이곳을 나가서 장권호의 얼굴을 다시 한 번 보고 싶었다. 그리고 변해버린 자신을 보여주면서 자랑하고 싶었다.

단지…… 그것뿐이었다. 그녀에게 있어서 이제 삶의 목적은 오직 장권호였고, 그러기 위해 무공을 익혀야 했다.

그녀는 곧 가부좌를 하고 앉아 또다시 운기행공을 하기 시작했다.

그렇게 다시 시간이 흘러가고 있었다.

해가 지고 수면 위를 비추던 빛조차 사라지자 동굴 안은 짙은 어둠 속에 잠겨 한 치 앞도 보이지 않는 어둠만이 내려앉아 있었다. 잠시라도 그곳에 있게 된다면 공포로 견디지 못할 것만 같았다.

어둠엔 사람의 마음을 불안하게 만드는 기운이 담겨 있었다. 또한 어둠은 차가움을 간직하고 있었고, 그 차가움은 사람의 마음을 흔들어놓았다.

다음 날 아침이 밝자 햇살이 어둠을 몰아내기 시작했다. 수면 위를 비추는 태양빛이 어두운 공기를 몰아내고 따사로운 기운을 동굴 안으로 가져다주었다.

그 따스한 기운엔 사람의 마음을 안정시켜주는 기

운이 담겨 있어 공포심과 불안감은 사라지고 활력이 돌아온다. 그래서 사람들은 낮에 일을 하는 모양이다.

다시 어둠이 내리자 동굴 안은 또다시 어둠 속에 잠겼고, 칠흑 같은 어둠은 한 점의 빛조차도 허용하지 않았다.

어둠이 깔린 동굴 안은 미세한 움직임조차 없는 듯했다. 유일하게 움직이는 것은 오직 하나, 물뿐이었다. 물소리만이 영원할 것처럼 끊임없이 찰랑이고 있었다.

그렇게 어둠이 한참 이어지던 시간, 찰랑거리는 물속에서 무언가가 고개를 내밀었다. 어른의 주먹만 한 크기였는데, 자세히 보니 물고기의 머리 같았다.

잉어처럼 생긴 머리는 잠시 고개를 내밀어 주변을 살피는 듯하더니 천천히 물속에서 나왔다. 특이한 것은 도마뱀이 움직이는 것처럼 등줄기의 비늘이 휘고 있다는 점이었다.

아주 잠시의 시간이 지나자 뭍에 모습을 보인 것은 잉어의 머리에 잉어의 몸통을 가진 물고기였다. 하지만 다리가 여섯 개 달려 있었고, 마치 새의 꼬리처럼 꼬리에 깃털이 자라 있는 게 또 다른 특징이었다.

다리가 여섯 개 달린 물고기는 아가미 쪽에 달려

있는 잠자리의 날개 같은 지느러미를 퍼덕거리며 물기를 털었다.

웅! 웅!

물고기가 입을 열자 기이한 저음이 동굴 안을 맴돌았다. 하지만 서영아는 그 소리를 듣지 못한 듯 계속 눈을 감고 있었다.

잠시 좌우를 살피던 물고기는 느린 걸음으로 천천히 서영아의 옆을 지나갔다. 그러면서 그녀의 머리카락을 밟았지만 서영아는 눈치채지 못한 듯 눈을 뜨지 않았다.

그녀는 자연과 하나 된 물아일체(物我一體)의 상태였기에 지금 자신의 주변에서 어떤 일이 일어나는지 알 수 없었다. 마치 하나의 바위가 된 것 같은 모습이었고, 물고기 역시 서영아를 바위로 착각하였다.

슥! 슥!

물고기는 느린 걸음으로 서영아를 지나치더니 바위 사이에 배를 깔고 누웠다. 그러다 마치 사람처럼 눈물을 흘리며 입을 크게 벌렸다.

웅! 웅!

물고기의 저음이 다시 한 번 동굴에 울리자 물고기의 배 밑으로 메추리 알 같은 작은 알들이 떨어지기 시작했다.

그제야 물고기의 배가 울룩불룩하다는 것을 알 수 있었다. 물고기는 산란을 하기 위해 동굴을 찾은 것이다.

그렇게 한참 동안 산란을 한 물고기는 천천히 다시 물속으로 걸어가기 시작했다. 그리고 마치 거북이처럼 물속에 들어가기 전에 잠시 걸음을 멈추고 고개를 돌려 주변을 살폈다. 아무래도 위험이 있는지 다시 한 번 감지하기 위해서인 듯했다.

찰랑!

물고기가 물속으로 걸어 들어가더니 곧 모습을 감추었다.

그 모습을 만약 사람들이 보았다면 분명 충격을 받았을 것이다. 다리가 여섯 개 달린 물고기의 모습은 충격을 주기에 충분했다. 신화 속에서나 나오는 모습이었기 때문이다.

합합어(鮯鮯魚).

다리가 여섯 개 달린 이 물고기는 황제의 아들이라는 설도 있는 물고기로 보기 드문 종이었다. 세상에는 기이한 동물이나 물고기가 많지만 그중에서도 가장 기이하고 보기 어려운 물고기였다. 더구나 물의 신이라는 이야기도 있을 만큼 성스러운 존재였다.

합합어를 먹으면 반로환동하여 영원히 살 수 있다

는 속설도 있었고, 그 알을 먹으면 영원히 늙지 않는다고도 했다.

쉬릭! 쉬릭!

합합어가 물로 들어간 지 얼마 지나지 않아 동굴 안쪽의 벽 사이로 백사의 머리가 보였다. 그러더니 또 다른 백사의 머리들이 하나둘씩 나타나 누가 먼저랄 것도 없이 합합어의 알이 있는 곳으로 움직였다.

경쟁이라도 하듯 알을 향해 움직인 백사들은 막상 그 곁에 다가가자 쉽게 알을 먹지 못하고 주변을 맴돌았다. 마치 천적이라도 만난 듯 한참 동안 알들과 대치할 뿐이었다.

취릭!

몇 번 혀를 내밀던 백사 한 마리가 다른 백사들을 등지고 먼저 알에 다가가 그것을 입에 넣었다. 그러자 다른 백사들도 일제히 알을 하나씩 먹기 시작했다.

알을 먹은 백사들은 달콤함에 취한 듯 몇 번 혀를 내밀다 다른 알을 입에 넣었다.

그렇게 세 개 정도 먹던 백사가 몸을 몇 번 떨더니 탈진이라도 한 것처럼 쓰러졌다. 다른 백사들 역시 마찬가지였다.

시간이 지나 수면 사이로 햇살이 비칠 때쯤 백사의

배가 꿈틀거리며 움직이더니 무색투명하면서도 검지만 한 합합어가 뱀의 가죽을 뚫고 나왔다.

합합어는 주변을 살피다 물소리에 이끌리듯 천천히 움직였고, 다른 백사의 가죽을 뚫고 나온 합합어들 역시 물속으로 향했다.

첨벙! 첨벙!

물속에 뛰어드는 소리와 함께 합합어들이 사라지고 그 자리에는 죽은 백사들의 시신만이 덩그러니 놓여 있었다.

"휴우……."

긴 운기를 마치고 눈을 뜬 서영아의 눈빛은 전보다 밝게 빛났다. 영물이라 불리는 백사를 생으로 먹은 뒤였기에 상당한 내력을 쌓을 수 있었고, 그로 인해 대주천을 이루었다.

임독양맥이야 이전에 이미 타통된 상태였기에 대주천의 시간이 더욱 길 수밖에 없었다. 무엇보다 새로 익힌 장백신공이 상당히 어렵고 난해하여 운기가 길어진 터라 가끔이지만 포기하고 싶다는 생각도 들었다.

'차라리…… 비선신공(飛旋神功)을 완벽하게 익히는 것은 어떨까?'

문득 든 생각이었다.

비선신공은 귀문주의 독문무공으로 비선검법을 펼치는 데 특화된 신공이었기에 귀문에서는 바람의 무공이라고 불리기도 했다.

풍신(風神)이 내려와 전해준 무공이라고도 했으며, 비선신공을 대성하면 바람을 다스린다는 설도 있었다.

물론 사람들은 과장이라고 생각했다. 더구나 아직까지 비선신공을 완벽하게 익힌 인물은 강호에 아무도 없었다. 죽은 귀문주조차 비선신공을 익히지 못하고 결국 다른 무공을 익혔다고 했다.

꼬르륵!

배 속에서 들리는 소리에 서영아는 고개를 저었다.

"이놈의 배는…… 사사건건 나를 방해하는군."

배고픔이 없는 세상에서 살고 싶다는 생각이 들었다. 하지만 사람이기에 밥을 먹어야 했고, 어떻게든 허기진 배를 채워야 했다. 이곳에서 살면서 가장 힘든 것이 있다면 아마 배고픔일 것이다.

운기할 때야 당연히 배고픔을 모르기 때문에 크게 걱정이 없지만 운기가 끝나면 허기가 밀려왔다. 허기를 잊기 위해 운기하고, 허기짐을 채우면 또다시 운기했다. 오직 운기만이 지금 자신이 해야 할 최선이었기 때문이다. 그게 더욱 싫었다.

"휴우……."

깊은 한숨만이 나왔다.

서영아는 자리에서 일어나 물속을 쳐다보았다. 물고기라도 지나가면 잡을 생각이었다. 하지만 눈에 띄는 물고기는 보이지 않았고, 오직 송사리 떼만이 물가를 맴돌 뿐이었다.

"어제처럼 뱀이라도 튀어나와 준다면 좋겠는데……."

고개를 돌리며 중얼거린 그녀는 어둠 속에서 빛나는 백색의 광채를 보았다. 그녀의 눈에는 죽은 백사 떼가 광채처럼 보일 수밖에 없었다.

서영아가 신난다는 표정으로 펄쩍 뛰어 십여 마리의 백사들이 죽어 있는 곳에 섰다. 그리고 손을 움직여 이리저리 백사들을 살피다 눈을 반짝였다. 죽은 백사들의 모습이 기이했기 때문이다.

"뭘 잘못 먹었나……."

뱃가죽이 터져 죽은 백사들을 집어 든 서영아는 그 중 한 마리만이 유일하게 멀쩡한 모습으로 죽어 있는 것을 발견했다. 하지만 그녀에겐 그저 먹을 것으로만 보일 뿐이었다.

능숙한 손놀림으로 뱀의 가죽을 벗긴 그녀는 평평

한 바위 옆에 가지런히 뱀 고기를 늘어놓았다. 마치 고기를 말려놓으려는 것처럼 보였다.

그렇게 모든 뱀 고기를 손본 그녀는 한쪽에 모아놓았던 나뭇가지들을 가져와 불을 피웠다. 며칠 동안 모은 나뭇가지들로 한번 불을 피우면 또 며칠 나뭇가지를 모아야 했기에 소중한 불이었다.

타닥!

불이 피어나는 소리가 동굴 안에 울렸다.

주변 공기가 따뜻하게 변하자 기분이 좋아지는 것을 느낀 그녀는 늘 이런 기분으로 지내고 싶다는 생각을 했다.

곧 긴 나뭇가지에 뱀 고기를 꼬치처럼 끼운 그녀가 불 위에 그것을 굽기 시작했다. 아무래도 생으로 먹는 것보다는 구워 먹는 게 더 맛있었다.

뱀이 불에 닿아 지글지글 익어가며 맛있는 냄새를 풍기자 서영아는 침을 삼켰다. 다 익기를 기다리기엔 그 냄새가 너무 좋아 바로 먹고 싶다는 욕망이 가슴을 짓눌렀다. 하지만 인내심을 가지고 참았다. 그리고 고기가 노릇노릇하게 다 익자 한 입 베어 물고 맛을 음미한 뒤 빠른 속도로 익은 고기를 먹었다.

"음……."

오랜만에 제대로 익은 고기를 먹어서일까? 그녀는

다른 뱀 고기를 하나 더 집어 다시 굽기 시작했다.

그저 늘어놓은 뱀 고기 중 하나를 든 것인데 그것은 다른 것들과 다르게 배가 안 터진 고기였다. 하지만 그 사실을 모르는 서영아는 그저 허기진 배를 채울 생각뿐이었다.

"흥! 흐응!"

절로 콧노래를 흥얼거리며 고기가 익는 모습을 유심히 지켜보았다. 어느 정도 익으면 바로 먹을 생각이었기에 속으로 계속 빨리 익기를 바라고 있었다.

"좋아!"

고기가 익은 것처럼 보이자 서영아는 크게 외친 후 빠른 손길로 뱀 고기를 씹어 먹기 시작했다. 이번 고기는 더욱 맛이 좋았는지 허겁지겁 먹어 치운 후 포만감에 젖은 표정으로 자리에 누웠다.

"좋구나……."

따스함과 함께 포만감이 밀려오자 행복한 기분이 되었다. 이런 기분을 느낀 기억이 까마득하다는 생각이 들었다.

그 기분을 마음껏 만끽하던 그녀는 다시 자리에 앉아 운기를 시작했다. 하지만 막 장백신공을 운용하려던 찰나, 배 속에서 느껴지는 뜨거움에 정신이 날아갈 것 같았다.

"아아악!"

큰 소리로 비명을 지른 그녀는 배를 움켜잡고 미친 듯이 바닥을 기었다. 저도 모르게 손톱으로 바위를 긁으며 입술을 깨물고 아득해지는 정신을 바로잡기 위해 노력했다.

가까스로 정신을 차린 뒤 가부좌를 하고 운기를 시작했다. 하지만 너무 큰 고통 때문에 그런지 자신도 모르게 장백신공 대신 가장 익숙하고 오래 익힌 비선신공을 운용하고 말았다.

"흐음……."

비선신공을 운용하자 절로 신음이 터져 나오며 커다란 망치가 등을 강타하는 듯한 충격을 느꼈다.

하지만 그 충격 이후 강렬한 기운이 단전에서 일어나 서영아의 전신을 성난 파도처럼 몰아쳐갔다.

우르릉!

번개와 천둥이 그녀의 머릿속을 몇 번이고 강타했다. 그러는 동안 그녀는 온 세상이 백색으로 변해가는 것을 보았다.

그렇게 무아지경 속에 빠진 서영아는 빛 속에서 먼지로 변해가는 자신의 모습을 보고 있었다.

제3장
구름 속에서

'하늘로 올라간 용이라 할지라도 언젠가는 후회하는 날이 온다.'

나는 이 말이 자만하지 말라는 말처럼 들렸다. 더 이상 앞으로 나갈 수 없다면 뒤로 가기 때문이다. 뒤는 곧 쇠퇴이자 나락이었고, 또한 방심이었다.

나는 요즘 가끔씩 자만하고 있는 내 자신을 보는 것 같았다.

포양호 인근의 작은 나루터에서 배를 탄 장권호는 뱃머리에 앉아 흘러가는 주변의 경치를 눈에 담았다.

"사공, 얼마나 가야 하는 것이오?"

"오늘 저녁이면 구읍에 도착할 것입니다."

사십 대 중반에 조금 마른 체격을 한 뱃사공이 공손히 대답했다.

대답을 들은 장권호는 하늘을 바라보았다. 아직 해는 중천에 떠 있었다. 한데 이 작은 배를 타고 반나절을 더 가야 한다니 지루할지도 모른다는 생각이 들었다.

"구읍에서 조금만 가면 남창성이 보이지요. 그런데 손님은 무슨 일로 남창에 가십니까?"

"유람이오."

장권호의 짧은 대답에 고개를 끄덕이며 미소를 보인 뱃사공이 다시 말했다.

"얼마 전 한 손님을 태웠는데 그 손님도 유람이라고 하면서 하루 종일 포양호를 돌게 했지요. 그때 팔이 부러지는 줄 알았지요. 많이 힘들었답니다. 하지만 뱃삯이 많아 집에 갈 때는 오랜만에 고기를 샀지요. 아이들이 좋아해서 기분이 좋았답니다."

"식구들이 많은 편이오?"

"마누라하고 애들 세 명이 있지요. 딸 하나에 아들이 둘입니다."

뱃사공이 기분 좋은 표정으로 말하자 장권호도 입가에 미소를 걸었다. 훈훈한 말이었기 때문이다.

"재밌겠소."

장권호의 말에 뱃사공이 만면에 웃음꽃을 피우며 고개를 끄덕였다.

"물론이지요. 애들 크는 맛에 삽니다."

그는 정말 기분 좋은 얼굴이었다. 힘든 하루를 보내고 집에 돌아가 아이들을 보는 게 인생의 낙(樂)인 사람 같았다.

끼익! 끼익!

노를 젓는 소리와 함께 호수에서 부는 바람이 귓가를 스쳐갔다. 배는 어느새 호수의 중앙으로 나온 듯 저 멀리 뭍이 보였다. 주변을 둘러보자 몇 척의 작은 어선들이 고기를 잡는 것도 볼 수 있었다.

"무림인이십니까?"

뱃사공이 아까부터 궁금했다는 표정으로 물었다. 장권호의 손에 들린 검과 도 때문에 물은 듯했다.

"그렇소. 사공은 무림인이라 해도 무섭지 않은 모양이오?"

고개를 끄덕이며 대답한 장권호가 되물었다.

"이곳에 살다 보면 자주 보게 됩니다. 거기다 가까운 곳에 남궁세가가 있으니 익숙한 편이지요."

장권호는 그 말에 수긍하며 고개를 끄덕였다.

뱃사공이 다시 말했다.

"제가 어릴 땐 이곳에 수적들이 좀 있었지요. 물론

어딜 가나 수적들이 있기 마련이지만…… 남궁세가가 토벌한 이후엔 수적들의 그림자도 찾을 수 없게 되었지요. 이곳 사람들에게 남궁세가는 고마운 곳입니다. 더구나 남궁세가로 인해 치안도 좋아져서 나쁜 사람들이 거의 없는 편이지요."

뱃사공은 정말 고맙다는 표정으로 진중하게 말했다. 남궁세가가 있기 때문에 이곳이 살기 좋아졌다고 생각했기 때문이다.

"훗!"

장권호는 가만히 미소를 보인 후 고개를 돌려 먼 산을 바라보았다. 무림세가 하나의 위상을 느꼈기 때문일까? 새삼스럽게 남궁세가의 명성이 크다는 것을 느낄 수 있었다.

"손님께서도 남궁가주님의 생신을 축하드리기 위해 남창에 가는 것입니까?"

"그럴 리가 있나……. 남궁세가와는 연이 없는 사람이오."

"그러시구려……."

장권호의 대답에 미소를 보인 뱃사공은 묵묵히 노를 젓기 시작했다. 배는 여전히 호수의 중앙을 가로질러 이동했기에 주변 사물이 거의 변하지 않았다.

장권호는 불어오는 바람을 맞으며 전면 우측의 호

변을 바라보았다. 저 멀리 갈대밭 사이로 산책을 나온 듯한 사람들의 모습이 간혹 눈에 띄었다.

"날이 좋아 그런지 사람들이……!"

고개를 돌려 뱃사공을 향해 말을 하던 장권호가 눈을 부릅떴다. 바로 눈앞에 커다란 노가 나타났기 때문이다.

쾅!

폭음과 함께 뱃머리가 터져나가며 물살이 허공으로 솟구쳤다. 그 위에 장권호의 신형이 날아올라 있었다.

"쳇!"

표정을 굳힌 뱃사공이 허공중에 떠 있는 장권호를 향해 재빠르게 양손을 뻗었다.

쉬쉬쉭!

뱃사공의 소매 속에서 십여 개의 비도가 화살처럼 튀어나와 장권호를 향했다.

굳은 표정으로 묵도를 뽑은 장권호는 손목만을 이용해 빠르게 십여 개의 도기를 만들었다.

따다다당!

금속음과 함께 비도가 힘을 잃고 떨어졌고, 장권호 역시 호수의 수면 위로 떨어져 내렸다.

그때 비쾌한 소리와 함께 섬광 하나가 장권호의 얼

굴로 날아들었다. 떨어지는 위치까지 파악하고 던진 뱃사공의 비도였다.

"……!"

장권호는 날아드는 섬광에 도면으로 얼굴을 가렸다.

쾅!

"흡!"

강렬한 충격이 도면을 타고 전신을 강타하자 장권호의 팔이 그 충격을 이기지 못하고 위로 솟구쳤다.

그때 그의 가슴 앞으로 또 다른 비도 하나가 소리 없이 나타났다. 이미 장권호가 막을 것을 염두에 둔 뱃사공이 두 개의 비도를 날린 것이다.

처음 날린 비도의 섬광에 가려져 보이지 않던 두 번째 비도였다.

퍽!

첨벙!

장권호의 육체를 뚫은 비도가 허공을 날다 힘을 잃고 호수 속으로 떨어졌다.

뱃사공은 나뭇조각 위에 서서 호수 속을 바라보았다.

"천근추……."

그는 상당히 놀란 표정으로 중얼거리며 눈을 빛내

고 있었다. 자신의 비도가 가슴을 뚫기 전 장권호가 천근추를 이용해 호수 속으로 들어갔기 때문이다. 설마 그렇게 피할 거라곤 생각지도 못한 그였다.

물속으로 들어간 장권호는 바닥까지 떨어져 두 발이 땅에 닿자 눈을 떴다. 하지만 흐릿한 물속에서 눈을 떴기에 시야가 크게 확보되지는 않았다.

곧 땅을 크게 때리자 '쿵!' 소리와 함께 지면이 흔들리고 흙먼지가 피어나 주변 시야를 가렸다.

물 위에서 아래를 보던 뱃사공의 손에 석궁이 들려 있었다. 그는 흙먼지가 일어나는 곳을 향해 석궁을 겨누더니 손잡이를 당겼다.

핑!

화살 하나가 번개처럼 물속으로 사라졌으나 아무런 반응이 없자 뱃사공은 인상을 찌푸렸다. 가장 먼저 먼지가 일어난 곳을 향해 날린 화살임에도 빗나간 것이 분명했다.

눈을 크게 뜬 채 먼지가 가라앉기를 기다리던 그의 눈에 흐릿한 무언가가 잡혔다. 그 순간 반사적으로 석궁을 당겼지만 그와 동시에 장권호의 신형이 위로 솟구쳤다.

핏!

솟구치며 날린 묵빛 도기가 뱃사공의 허리를 양단

하였다. 하지만 뱃사공도 노련한 고수인지 어느새 조각난 다른 나무 위에 모습을 보이며 솟구쳐 오른 장권호를 향해 석궁을 들었다.

그 순간 팔을 올리던 그의 표정이 삽시간에 굳어졌다.

"크윽!"

자신도 모르게 옆구리를 잡은 그는 고개를 숙여 자신의 허리에서 흘러내리는 핏물을 바라보았다.

"이럴 수가……. 강기……?"

분명 장권호의 도기를 피했다. 일 장의 거리에서 솟구친 그였고, 묵빛 도기는 자신의 옷자락조차 스치지 못하였다. 그런데 어떻게 허리가 잘린 것일까?

뱃사공은 복잡한 시선으로 배 조각 위에 내려선 장권호를 물끄러미 바라보았다.

"풍압에 잘린 것뿐이오."

장권호의 말에 뱃사공이 눈을 크게 떴다. 도기를 피한 것이 다가 아니라는 말이었기 때문이다. 도기에 도풍까지 담긴 일권이었던 모양이다. 아무런 방비를 못한 자신의 잘못이라는 생각이 들었다.

"차라리 물속에서 상대할 것을……."

낮게 중얼거리던 뱃사공은 천천히 물속으로 가라앉았다.

곧 축 처진 그의 신형이 수면 위로 떠오르자 그 모습을 잠시 바라보던 장권호는 나뭇조각을 타고 천천히 뭍으로 이동하였다.

*　　　*　　　*

남창의 거궐루는 야심한 밤임에도 북적이는 사람들로 인산인해를 이루었고, 사람들의 웃음소리가 끊임없이 이어지고 있었다.

하지만 그와 반대로 후원은 마치 다른 세상인 것처럼 조용했다. 불빛 하나만이 후원의 중앙에 자리한 집 안에서 외로이 반짝이고 있을 뿐이었다.

방 안에는 송과 연이 앉아 있었는데, 눈앞에 앉아 있는 장권호를 의식한 듯 긴장한 표정이 역력했다.

하지만 장권호는 그녀들을 크게 신경 쓰지 않았다.

"언제 온다고?"

장권호의 말뜻을 이해한 송이 대답했다.

"언제 도착할지는 모르나 최대한 빠르게 온다 했으니 기다려보세요."

"졸리군."

"방은 치워두었으니 주무셔도 될 거예요. 도착하면 알려드릴게요."

연의 대답에 장권호가 자리에서 일어나 방 안으로 들어갔다.

송과 연은 짧은 숨을 내쉰 후 고개를 저었다. 상대하기 힘든 사람이 눈앞에서 사라지자 그제야 마음이 놓인 것이다.

호수에서 펼쳐진 장권호와 살수의 싸움을 뭍에서 구경하던 그녀들은 살수를 죽인 장권호가 곧장 자신들이 숨은 곳으로 다가오자 매우 놀랐다.

그 순간 거대한 살기와 투기로 얼룩져 있던 장권호의 사나운 모습이 아직도 똑똑히 기억났다.

"너희도 같은 살수 조직인가?"

장권호의 낮은 목소리에 담긴 강한 살기에 송과 연은 저도 모르게 식은땀을 흘려야 했다.

자신들이 하오문의 추월이 붙인 정보원이란 것을 밝힌 후에야 살기를 거둔 그였고, 여기까지 함께 오게 되었다.

"그런데 어떻게 우리를 알았을까요?"

연이 장권호가 들어간 방문을 쳐다보며 묻자 송이 살짝 아미를 찌푸리며 대답했다.

"당연한 거 아니야? 우리가 서툴렀으니 들킨 것이

겠지……."

그녀의 말에도 연은 이해할 수 없다는 듯 고개를 갸웃거렸다.

"아무리 생각해도 그건 아닌 것 같아요. 분명 우리는 완벽했거든요. 유가장에선 삼도천의 풍비조차 우리의 존재를 모르고 있었어요. 풍비가 훨씬 가까이에 있었는데도 말이죠. 더욱이 저자는 풍비의 존재도 눈치채지 못한 사람이에요."

송은 가만히 고개를 끄덕였다. 연의 말을 들어보니 그녀의 말에도 일리가 있었다. 자신들은 분명 완벽하게 몸을 숨긴 상태였다. 그런데 장권호가 자신들의 존재를 알고 나타난 것이다.

한참 생각하던 송이 다시 입을 열었다.

"아무래도 그 주점에서 걸린 듯해……."

"아…… 거기!"

송의 말에 연은 남궁세가의 무사들이 들이닥쳤던 주점을 떠올렸다. 그곳에서 분명 장권호와 같은 장소에 있었고, 자신들이 모습을 보인 곳은 그곳뿐이었다.

"그때 뒤를 밟은 게 걸린 것이 분명해."

송이 다시 한 번 중얼거리며 스스로 만족한 답을 구한 듯 고개를 끄덕였다. 연도 그 말에 공감하는 표정이었다.

하지만 결과적으로 볼 때, 장권호에게 들킨 이상 추월의 호통을 면할 방법은 없었다. 그게 문제였다. 변명거리라도 있어야 하는데, 주점에서 모습을 보였다는 말은 차마 할 수가 없었다.

"휴……."

송과 연은 동시에 깊은 한숨을 내쉬며 침울한 표정을 보였다.

추월이 모습을 보인 것은 거궐루에 들어온 지 이틀 만이었다.

해가 질 무렵 거궐루에 나타난 추월은 가장 먼저 송과 연에게 단단히 정신 무장을 시켜주었고, 크게 혼이 난 그녀들은 낙담한 표정으로 물러갔다.

추월과 마주 앉은 장권호의 표정은 그리 밝지 않았다. 추월 역시 조금 난감한 표정이었다. 정보원을 붙여두었다는 사실 때문이었다. 어떤 사람이라도 자신을 감시하기 위해 사람이 따라다닌다면 좋아하지 않을 것이다.

그 때문에 추월은 장권호의 눈치를 보지 않을 수 없었다.

"풍비라고 알고 있소?"

풍비라는 말이 장권호의 입에서 흘러나오자 추월은 안색을 바꿨다. 다행히 자신의 실수를 언급하지 않은 그였다.

'감시자를 붙여두었다는 것 하나만으로도 충분히 우리와 원한을 가질 수 있을 터인데…… 다행이군.'

추월은 미미하게 고개를 끄덕였다.

"알고 있어요. 하지만 그자에 대해 아는 것은 그저 단편적인 것뿐이에요."

추월의 대답에 장권호는 눈을 반짝이며 흥미를 보였다.

그 모습을 본 그녀의 머릿속으로 하나의 생각이 스쳤지만 이내 접어야 했다. 장권호를 이용해서 얻을 것은 그 무공뿐이었기 때문이다.

"단편적인 것이라도 알려줄 수 있소?"

"장 소협이 다른 사람에 대해 이렇게 흥미를 보이다니…… 의외군요. 강호의 인물에 대해선 크게 알려달라는 말을 한 적이 없었는데 말이에요."

"기분이 나쁜 놈이라서 그러오."

장권호의 말에 추월은 고개를 끄덕였다.

"그자는 장 소협만큼 제게도 기분 나쁜 인물이지요. 풍비는 육비라 불리는 강호의 숨은 고수들 중 한 명이에요."

"육비라…… 여섯 명이군."

"네."

"삼도천은 알고 있소?"

"음……."

장권호의 입에서 삼도천이란 말이 나오자 추월의 표정이 굳어졌다.

그것을 본 장권호는 그녀가 삼도천에 대해 어느 정도 알고 있다고 판단했다.

"얼마 전에 유가장이란 곳에 갔는데 그곳에서 만난 사람이 말해주더군. 삼도천에서 보냈다고 말이야. 삼도천에 대해서 아는 게 있다면 말해주시오."

"삼도천이라……."

추월이 팔짱을 끼며 아미를 찌푸렸다. 상당히 껄끄러운 곳인 듯 그녀의 표정은 그리 밝지 않았다.

그녀가 의외로 난감한 표정을 보이자 장권호가 다시 말했다.

"송과 연이라고 했나? 저들을 죽이지 않은 것은 순전히 나의 궁금함 때문이오."

장권호의 낮은 목소리에 추월은 그럴 줄 알았다는 듯이 말했다.

"그랬군요. 저는 순전히 쓸데없는 살생을 싫어한다고만 알았지요."

"그때의 내 기분이었다면 누구라도 죽였을 것이오."

"삼도천은 저도 자세히 알지 못해요. 워낙에 비밀스러운 곳이라……. 더욱이 강호상에서 아는 사람도 드물지요. 그러다 보니 삼도천에 관한 정보는 모두 극비에 해당되죠."

추월은 입안이 마르는지 차를 한 모금 마시며 입술을 적셨다.

"강호에는 과거부터 천하제일을 놓고 다투던 두 명의 무인이 있었어요. 소문은 들어본 적 있을 거예요. 이황(二皇)……."

"이황이라……."

장권호는 이황이란 말을 떠올렸다. 천하의 그 누구도 그들의 적수는 되지 못할 거라 했고, 그들에게 적은 자신을 포함해 이황이라 불리는 상대 한 명뿐이었다.

"적토대황(赤土大皇) 강규…… 그자는 이십 년 전부터 세상에서 제일 강한 존재라 불리는 인물이에요. 그자의 상대는 이황 중 다른 한 명, 도검천황(刀劍天皇) 임이영뿐이지요. 임이영은 이미 초인의 경지에 다다라 풀잎을 들어도 이기어검을 펼칠 수 있다는 인물이에요."

장권호는 그저 묵묵히 고개를 끄덕였다. 마치 다른

세계의 이야기처럼 들렸기 때문에 뭐라 말을 할 수가 없었다. 아무리 생각해도 임이영이란 인물이 이기어검을 펼치는 모습이 머릿속에 떠오르지 않았다. 상상 속에서나 펼쳐지는 이야기가 아닐까, 하는 생각만이 들 뿐이었다.

"이 두 사람은 서로를 이기고 싶어 하지만 워낙 그 실력이 비슷해 아직 누가 이겼다는 소문은 없었어요. 그런 두 사람이 무공을 연구하다 함께 살게 되었는데, 그게 삼도천의 시작이에요. 그리고 그들의 오랜 친우였던 조야성이 그들과 함께하면서 삼도천이 되었지요."

"조야성?"

"산동 조씨세가의 사람으로, 백염군(白炎君)이라 하지요. 그자까지 세 명을 삼도천의 삼천자라 불러요. 삼도천이란 그들 세 명을 뜻하는 것이지요."

"확실히…… 다들 들어본 이름이군……."

작게 중얼거린 장권호가 차를 따라 마셨다. 세상 사람들이 다 아는 인물들이 거론되었기 때문이다.

"육비란 바로 그 세 명의 제자들을 말하는 것이에요."

추월의 또 다른 말에 장권호의 눈동자가 빛을 발했다. 풍비가 그들의 제자라는 말이었기 때문이다. 그들의 제자라면 얼마나 강한 인물들일까 궁금했고, 생각만으로도 피가 끓는 기분이었다.

"그들을 만나려면 어디에 가야 하오?"

차분한 장권호의 목소리에 담긴 투기를 읽은 추월이 아쉽다는 듯 고개를 저었다.

"그건 저도 모르는 일이에요. 거기다 본 문은 삼도천에 접근할 힘도 없어요."

"하오문이 모르는 일이 있다니 의외로군."

"본 문은 신이 아니에요. 모르는 일이 있는 것은 당연한 일이지요."

추월의 대답을 들은 장권호가 다시 차를 한 모금 마시며 말했다.

"좋은 정보를 얻은 것 같아 고맙소."

"만족하셨다니 다행이군요. 그런데 삼도천과 싸울 생각인가요?"

조심스러운 추월의 물음에 장권호는 대답하지 않았다. 그저 묵묵히 창밖을 바라볼 뿐이었다.

추월은 그런 장권호의 모습에 짧은 숨을 내쉬며 고개를 저었다. 무언의 긍정으로 보였기 때문이다. 참으로 안타까운 일이 아닐 수 없었다. 강호의 젊은 고수가 이슬처럼 사라지는 모습이 눈앞에 훤히 내다보였다.

"앞으로 어떻게 하실 생각인가요?"

"삼도천을 찾아야 하지 않겠소?"

"불가능해요. 저희도 모르는 일인데…… 하물며 강호에 전무한 장 소협이 어떻게 알아낼 생각인가요?"

"남궁세가주."

장권호가 짧게 답하자 추월의 표정이 굳어졌다. 그의 의도가 무엇인지는 알 수 없지만 남궁세가주라는 말이 입에서 나온 순간 뭔지 모를 불안감이 엄습해왔다.

"설마…… 그와 싸울 생각인가요?"

대답 대신 미소를 보이는 장권호의 모습에 추월은 아미를 찌푸렸다.

"그는 고수예요. 장 소협이 생각하는 것 이상으로 말이에요."

"그게 무슨 상관이오? 어차피 고수와 싸우기 위해서 온 것인데……. 내가 강호에 온 이유는 중원의 고수들과 겨루기 위함이오."

그 말을 들은 추월의 어깨가 미미하게 떨렸다.

"강호를 적으로 돌릴 생각이군요."

"그렇게 해서라도 고수들과 어울릴 수 있다면 그리할 생각이오."

확고부동한 장권호의 말에 추월은 어쩔 수 없다는

듯 고개를 끄덕였다.

"앞으로의 계획은 그럼…… 남궁세가로군요?"

"아니요. 무영루를 먼저 찾아야겠소."

"무영루……."

장권호가 무영루를 거론하자 추월은 미소를 보였다. 하오문에 있어 무영루는 장사를 방해하는 곳이었기 때문이다. 같은 사파임에도 무영루의 존재는 하오문의 살업(殺業)에 큰 방해가 되었다.

하오문이 정보를 다룬다고 하지만 그건 대표적인 겉모습일 뿐 실제적으로 그들은 돈이 되면 뭐든지 다 했다.

장권호가 아직 하오문에 대해 제대로 파악하지 못했기 때문에 추월과 대화를 하는 것이지, 하오문의 본질을 안다면 절대 이들과 같은 자리에 앉아 있지 않았을 것이다. 매춘부터 인신매매까지 그들이 안 하는 일은 없었다.

그중에서도 가장 큰 돈이 되는 일이 바로 인신매매와 노예상이었다. 만약 무영루가 사라지면 살수업이 살아날 것이다. 이는 하오문주도 바라는 일이기에 분명 크게 기뻐할 터였다.

"무영루에 갈 생각이오. 알려주시겠소?"

"물론이지요. 거절할 이유가 없지요."

추월은 흔쾌히 대답한 후 찻잔을 들었다. 기분 같아서는 술잔을 들어야 했지만 눈앞에 술이 없으니 아쉬운 대로 찻잔을 든 것이다.

"무운을 빌어요."

* * *

긴 회랑을 지나자 넓은 객실이 나왔다.

접객실로 이용되는 이곳에 들어온 추소령은 먼저 와 있던 추소려에게 인사를 건넸다.

"한 달 만에 뵙는군요."

"한 달 동안 수련관에 박혀 있었으니 못 봤지. 앉아."

추소령이 그녀의 옆에 앉자 대기하고 있던 십 대 중후반의 반라의 소년들이 다과를 내놓고는 모두 밖으로 나갔다.

추소령은 이곳에 올 때마다 보게 되는 동정의 소년들이 별로 달갑지 않았다. 추소려가 좋아하기 때문에 그런 것이라고는 하나 썩 보기 좋은 모습은 아니었다.

하지만 이곳 수정궁에서 추소려에게 뭐라 하는 사람은 아무도 없었고, 추소령 역시 그녀의 기분을 상하게 할 생각은 추호도 없었다. 수정궁의 소궁주는 자신이 아니라 추소려였기 때문이다.

"무슨 일로 절 보자신 건가요?"

"별거 없어. 그냥 담소나 나눌까 하고 말이야. 한 달 만에 수련관을 나왔는데 보고 싶은 것이 당연한 거 아닐까?"

추소려의 말에 추소령은 살짝 미소를 보이며 차를 마셨다.

"맛이 어때? 새순을 딴 것이라 각별한 맛일 거야."

"좋군요."

다른 때 먹은 것보다 확실히 맛이 좋았다.

"그런데 정말 담소나 나누자고 절 부르신 건가요?"

"그렇다고 봐야지."

미소를 보이며 답한 추소려가 다시 말을 이었다.

"며칠 전 풍운회와 귀문이 협정을 맺은 모양이야. 그 소식을 알려주려고."

"그랬군요……."

추소령은 귀문의 이야기에 살짝 아미를 찌푸리며 관심 있는 표정을 보였다. 자신이 살아온 곳이었으니 관심을 가질 수밖에 없었다.

"뭐, 그 이야기는 장구조의 입을 통해 들으면 알 수 있겠지. 그가 곧 온다니 말이야."

"장 총관이 온다는 말인가요?"

"그래. 어머님께 볼일이 있는 모양이야. 거기다 풍운회와의 일도 있고……."

"한가한 모양이군요."

차갑게 중얼거린 추소령이 싸늘한 살기를 보였다.

그녀가 장구조를 싫어하고 있다는 사실을 잘 아는 추소려는 고개를 끄덕이며 다음 말을 이어갔다.

"그 일은 그렇게 되었고, 다음은 장권호인데……."

"……!"

추소령의 눈빛이 반짝이며 표정이 돌변하였다.

그런 그녀의 반응이 재미있다는 듯 추소려가 말했다.

"강남에 있는 모양이야. 어머님께 보고한 내용을 우연히 훔쳐 들었지."

"강남 어디인가요?"

"알면 가려고?"

추소려의 물음에 추소령은 대답하지 않았다. 하지만 당장이라도 뛰쳐나갈 기세였다.

추소려가 타이르듯 부드럽게 말했다.

"설마…… 지금 그 무공으로 장권호를 이길 거라 생각하는 것은 아니겠지? 적어도 십대고수의 반열에는 올라야 그를 상대할 수 있을 거야."

"음……."

"아버님은 그렇게 약한 사람이 아니었다."

추소령은 인정한다는 듯 천천히 고개를 끄덕였다.

"섣부르게 나서지 마. 너는 그냥 무공만 수련하면 돼. 지금은 그게 최선이니까."

"하지만 어디에 있는지도 아는데…… 가만히 있을 수는 없어요."

"그럼 어떻게 하자는 것인데?"

"그건……."

망설이듯 추소령이 입을 다물자 추소려가 말했다.

"딱히 방법이 없다면 그냥 있는 게 최고야. 잘 알 텐데? 아버님이 돌아가신 이후로 바보가 된 모양이구나?"

추소려의 말이 비수처럼 추소령의 머리를 찔렀다.

곧 추소령이 자리에서 일어섰다.

"다시 수련관으로 들어가야겠어요. 머리도 식혀야 할 것 같구요."

"그래라."

추소령이 밖으로 나가는 모습을 가만히 바라보던 추소려의 입가에 미소가 걸렸다. 순진해 보이는 그 모습과 행동들 때문이었다.

"아직은 크게 걱정할 필요가 없겠어……."

추소려는 가만히 중얼거리며 차를 음미했다.

방으로 돌아온 추소령은 시비들을 물리고 홀로 의자에 앉아 추소려와 나눈 대화를 떠올리며 깊은 한숨을 내쉬었다. 하지만 곧 반짝이는 눈동자로 창밖을 바라보며 미소 지었다.

'언니에게는 바보처럼 보여야 한다, 바보처럼…….'

추소령은 마음속으로 다시 다짐했다.

이곳 수정궁에서 가장 상대하기 어려운 인물은 바로 추소려였다. 자매이기 때문에 그런 것일까? 자신의 속을 꿰뚫어보는 듯했고, 무엇보다 그녀는 자신을 좋아하지 않았다. 그게 가장 무서운 점이었다.

자매지만 자매로서의 정도 없었다. 그저 아버지만 같은 사람일 뿐. 그건 만나면 만날수록 확신할 수 있었다. 자매임에도 상대에게 정은 없다고 말이다.

"손님이 오셨습니다."

문밖에서 시비의 목소리가 들리자 추소령은 자리에서 일어섰다.

"누구지?"

"귀문의 장 총관님이십니다."

장구조가 왔다는 말에 추소령의 눈이 차가운 빛을

발했다. 원한이 있는 인물이었기 때문이다.

"서재로 모셔."

"예."

시비의 대답을 들은 추소령은 거울을 보며 자신의 모습을 살폈다.

추소령의 서재는 깨끗했고 단정했다. 책만이 한쪽 벽을 가득 채우고 있을 뿐 이렇다 할 장식품조차 눈에 보이지 않았다.

서재를 한 바퀴 둘러보던 장구조는 다탁 앞에 앉아 기분 좋은 표정으로 문을 열고 들어오는 추소령의 모습을 눈에 담았다. 그녀의 모습은 여전히 아름답고 가슴을 뛰게 하였다.

장구조가 입가에 환한 미소를 보이며 일어섰다.

"추 소저를 뵈오."

"오랜만이군요. 앉으세요."

굳은 표정으로 말한 추소령이 자리에 앉자 장구조도 맞은편에 앉았다.

시비들이 준비해준 차를 한 모금 마신 그녀가 눈을 가늘게 뜨며 물었다.

"무슨 낯으로 절 보기 위해 온 것인가요?"

"그날의 일을 사죄하고 싶어서 온 것이오. 정말 죄

송하게 되었소이다."

"그렇군요……."

추소령은 조용히 찻잔을 내려놓으며 고개를 끄덕였다. 하지만 표정의 변화는 없었고, 여전히 눈동자는 무심하게 반짝였다.

그 일이 과연 한마디 사과로 그냥 사라질 일일까?

추소령의 인생에 있어 가장 악몽 같은 시간이 있다면 장구조가 자신을 덮치려 한 그 시간일 것이다. 그런데도 장구조는 뻔뻔하게 다시 얼굴을 내밀었다. 단 한순간도 같은 공기를 마시고 싶지 않은 인물이 눈앞에 나타난 것이다.

그는 과거의 일은 모두 잊었다는 듯 아무렇지도 않은 모습이었다. 그 모습이 더욱 추소령을 미치게 하였다.

"두 번 다시 그런 일은 없을 것이오."

"그랬으면 좋겠군요."

추소령의 차가운 목소리에 장구조가 가벼운 미소를 보였다.

"더 할 말이 없다면 이만 나가주셨으면 좋겠군요."

"풍운회와 협상을 하였소. 궁금하지 않소이까?"

"궁금하지 않아요."

추소령이 딱 잘라 말하자 장구조는 고개를 끄덕이

며 자리에서 일어섰다. 자신이 어떤 말을 하더라도 상대방이 들으려 하지 않았기 때문이다. 또한 그녀의 마음이 이미 귀문에서 떠났음을 알 수 있었다.

"본 문의 많은 사람들이 추 소저를 걱정하고 있소이다. 돌아오기를 바라는 사람들도 많소."

"가고 싶지 않은 곳이에요."

추소령은 다시 한 번 차갑게 말했다. 귀문은 아버지가 죽은 곳이자 권력을 탐하는 추한 사람들이 모여 있는 곳이었다. 그곳에 돌아가 희생자가 되고 싶은 마음은 추호도 없었다.

물론 좋은 추억도 많은 곳이었다. 하지만 지금은 그렇지 못한 추억이 더욱 많이 머릿속을 지배하고 있었다.

그중 하나가 바로 장구조였다.

"아! 떠나기 전에 꼭 하고 싶은 말이 있소."

"무엇인가요?"

장구조는 자신을 노려보고 있는 추소령에게 가벼운 미소를 보인 후 말을 이었다.

"나는 아직 추 소저를 포기한 것이 아니오. 사랑하고 있소이다. 추 소저…… 당신을 말이오."

장구조의 급작스러운 말에 추소령은 눈을 크게 떴다. 전혀 예상치 못한 말이었기에 깜짝 놀랄 수밖에 없었다.

장구조는 그런 추소령을 잠시 바라보다 신형을 돌리며 말했다.

"그렇기 때문에 그 일을 후회하지 않소이다."

퍽!

등을 뚫고 나온 검은 붉은 피를 머금고 있었다. 장구조는 전신을 떨며 자신의 복부를 빠져나온 검날을 잡았다.

"이, 이게……."

고개를 돌리기 위해 힘을 주었으나 전신에서 힘이 빠져나가는 느낌만이 들 뿐이었다.

스륵!

"후회?"

추소령은 검의 손잡이를 제외한 전신으로 장구조의 등을 깊숙이 찌르더니 이내 다시 손에 힘을 주었다.

"크…… 크윽!"

그의 입술 사이로 핏물이 흘러내렸다.

추소령은 그런 장구조의 머리카락을 움켜잡고는 차갑게 말했다.

"후회하지 않는다고?"

그 말과 함께 검을 비틀자 장구조의 입에서 비명성이 터져 나왔다.

그 소리에 놀란 시비들이 들어왔을 때는 그의 복부에 박힌 검이 천천히 옆구리로 빠져나오고 있었다. 장구조는 그저 사시나무 떨듯 몸을 떨며 불시의 일격에 속수무책으로 당해야 했다.

"매일…… 매일…… 네놈의 몸을 천 갈래 만 갈래 찢어주고 싶었다."

털썩!

장구조가 바닥에 쓰러지자 추소령은 싸늘한 시선으로 죽은 그의 모습을 눈에 담았다. 하지만 곧 의자에 주저앉더니 어깨를 떨기 시작했다.

장구조가 죽었다는 소식에 추소령의 방을 찾은 제선선은 몹시 화가 난 표정으로 방문을 열고 들어오다 홀로 의자에 앉아 어깨를 떨고 있는 그녀의 모습을 보고는 마음을 차분하게 가라앉혔다.

"왜 죽였지?"

제선선의 차가운 목소리에 정신을 차린 것일까, 아니면 그녀의 날카로운 기도에 몸이 반응을 한 것일까? 추소령은 정신을 차린 듯 떨던 몸을 멈추고 곧 자리에서 일어났다.

"죄송해요."

"죄송할 것은 없어. 나는 왜 죽였는지를 물었다."

"가장 죽이고 싶었던 놈이었어요."

"이유가 그것이냐?"

제선선은 조금 어이없다는 듯 추소령을 바라보다 그녀가 뿜어내는 강한 살기에 미소를 지었다.

"그렇게 죽이고 싶었던 모양이군."

"그래요, 죽이고 싶었어요. 그런데 내 눈앞에 나타나더군요. 그것도 자기 발로 걸어서 말이에요. 지난 과거를 잊자고 하더군요. 내게 그렇게 큰 치욕을 주고서 말이에요."

추소령은 장구조가 눈앞에 있다면 다시 죽일 것 같은 표정으로 말했다.

"장권호보다 더한 모양이군."

"그래요."

추소령이 일말의 망설임도 없이 대답했다.

제선선은 그녀의 그런 모습이 마음에 드는 것인지, 아니면 따로 훈계를 내릴 생각이 없는 건지 차분한 표정으로 말했다.

"죽이고 싶은 놈이 있다면 죽여야지. 후후……."

낮은 웃음을 흘리며 의자에 앉은 그녀가 차를 따라 마신 후 말을 이었다.

"장구조가 죽은 것은 안타까운 일이나…… 네가 그리하고 싶었다면 어쩔 수 없지. 이 일은 내 선에서 처리하도록 하마."

"죄송해요."

"너는 수련관에 들어가서 수련이나 하도록 해. 장구조는 내가 죽인 것으로 하지."

"하지만……."

"내가 죽였다고 하면 이유조차 묻지 않을 것이다. 그리 알아라."

제선선의 말에 추소령은 입을 다물었다. 그녀의 말처럼 그녀가 죽였다면 이유조차 묻지 않고 그 일에 대해 함구할 것이다. 무림이란 그런 곳이었다.

"예."

"어차피 장구조를 대신할 사람들이야 널려 있으니 귀문도 크게 걱정하지 마라."

"귀문은 잊었어요."

추소령은 바로 대답했다.

그녀의 확고한 목소리에 미소를 보인 제선선이 자리에서 일어섰다.

"후련하겠구나. 죽이고 싶었던 놈을 죽였으니 말이야."

추소령은 뭐라 말하려다 입을 다물었다. 그녀의 말처럼 속이 후련해야 했으나 가슴 한쪽이 막힌 것 같았고, 끈적이는 무언가가 전신을 기어가는 듯한 기분이 들었다. 시원해야 하는데 그러지 못한 것이다.

그 이유를 그녀조차 알지 못하였다.

하지만 제선선은 대충 그 마음을 짐작할 수 있을 것 같았다.

"살인이란 그런 거지. 본래 살인을 하게 되면 그 죄가 가슴에 쌓이는 법이지. 결국 그게 업이 되어 등을 무겁게 할 테지만……. 후후."

제선선은 곧 추소령의 방을 빠져나갔다.

'눈은 아비를 닮았군…….'

추소령의 불같은 눈을 떠올린 그녀가 미소를 보였다.

"휴우……."

제선선이 나가자 깊은 한숨과 함께 의자에 깊숙이 앉은 추소령은 이내 고개를 저으며 장구조와의 일을 잊기 위해 노력했다.

* * *

높은 성벽에서 바라보는 항주의 밤은 화려하고 아름다웠다. 밤이 되어도 수많은 사람들이 길을 활보했고, 서호 주변은 늦은 시간까지 사람들의 발길이 이어졌다.

그들은 가까운 곳에서 울려 퍼지는 거문고의 아름다운 가락에 잠시 걸음을 멈추기도 했다.

서호를 바라볼 수 있는 높은 정자 위, 백의를 입은 청년이 난간에 기대서 있었다. 그는 이십 대 후반으로, 눈이 무척 깊고 맑았다.

청년은 머리 위로 스치는 소슬바람을 맞으며 서호를 바라보다 술잔을 들었다.

띵!

청년의 뒤로 백색의 고운 손이 거문고의 현을 튕기다 멈췄다. 한 곡조가 끝난 것인지 거문고를 내려놓은 이십 대 초반의 여인이 청년의 뒷모습을 바라보았다.

"날이 갈수록 실력이 좋아지는군. 전보다 깊은 맛이 느껴져……."

청년은 거문고 소리가 정말 듣기 좋았는지 매우 만족한 표정으로 미소 지었다.

청년의 칭찬에 여인의 얼굴이 붉게 달아올랐다.

"감사합니다."

신형을 돌려 술상 앞에 앉은 청년이 술잔을 내밀자 여인이 술병을 들어 빈 술잔을 가득 채워주었다.

또르륵!

술잔 안에서 울리는 옥구슬 굴러가는 소리가 마음

을 차분하게 가라앉히는 것 같았다. 여인은 곧 본래의 평온한 표정으로 청년을 바라보았다.

청년의 표정엔 별다른 감정이 담겨 있지 않았지만 눈빛만큼은 무척 맑았다. 그게 이 사람에게 말을 함부로 못 붙이는 이유이기도 했다. 마치 자신의 마음을 들여다보는 심안(心眼) 같았다.

술잔을 든 청년은 눈앞에서 몇 번 잔을 돌리다 입을 열었다.

"요즘 강호에 꽤 재미있는 소문이 도는 것 같더군……."

"강호에요?"

그의 입에서 강호라는 말이 나오자 조금 의외라는 듯 여인이 눈을 반짝였다. 그리고 그가 관심을 가질 만큼 중요한 사건이 있었는지를 생각했다.

그녀는 곧 자신이 아는 한도 내에서 입을 열었다.

"점창파의 일을 제외하면 크게 흥미를 가질 만한 사건은 없었던 것 같은데요?"

"점창파에서 돌아온 지 얼마 안 되어서 아직 강호의 사정을 잘 모르는 모양이구나."

청년의 말에 그녀는 고개를 갸웃거리며 의문스러운 표정을 보였다.

"점창산에서 이곳으로 오는 동안 꽤 많은 소식을

접하였지만 천주님께서 관심을 가지실 만한 사건은 없었던 것 같습니다."

그녀의 말에 청년, 아니 천주가 담담한 표정으로 미소를 보이고는 입을 열었다.

"귀문주가 죽었다는 소식 말이다."

"……!"

천주의 말에 그녀는 상당히 놀란 표정을 보였다. 처음 들어보는 말이었다. 더구나 귀문주는 죽기엔 아직 젊은 나이였다.

"귀문주가 죽었다니요? 그 사람이 죽었다는 소식은 처음 들어봐요."

"내가 아는 걸 네가 모르다니…… 좀 더 강호와 소통을 해야겠구나."

"죄송합니다."

민망함에 고개를 숙인 그녀는 자신의 정보를 막은 사람들을 떠올리며 분노를 느꼈다.

"귀문주에 관한 일은 보고받은 적이 없었어요. 한번 알아볼게요."

"아니야, 그럴 필요 없어. 공 천자를 불렀으니까."

공 천자라는 이름이 거론되자 그녀의 안색이 변하였다.

"그런 일이라면 제가 돌아온 이후에 하셔도……."

"좀 급해서 직접 불렀다. 내일 보기로 했으니 그리 알고."

"예."

그녀는 복잡한 표정으로 고개를 숙였다. 궁금한 것이 많았지만 묻지는 않았다. 천주는 자신에게 하늘 같은 존재였기에 자신을 곁에 두는 것 자체만으로도 영광이었다. 또한 그의 의중을 파악한다 해도 자신이 나설 자리는 아니라는 생각이 들었다.

지금은 자신이 실수한 게 있는지 없는지를 파악하는 게 우선이었다. 공 천자는 천주와 다르게 공사 구분이 확실해서 잘못한 일에 대해서는 그냥 넘어가는 일이 없었다.

다음 날 저녁이 되어서야 공 천자가 장원에 들어왔다.

유진진이 장원의 입구부터 그를 안내하였고, 공 천자의 뒤로 영비가 따르고 있었다.

객청에 공 천자를 안내한 유진진은 밖으로 나와 영비와 함께 서 있었다.

"그동안 별일은 없었소?"

영비의 물음에 유진진이 고개를 끄덕였다.

"특별한 일은 없었지요. 오늘 어르신께서 오신 것

을 제외하면…….”

“나도 좀 놀랐소. 천주님께서 직접 전서를 보내셨으니 말이오.”

“천주께서?”

영비가 고개를 끄덕이자 유진진은 아미를 찌푸리며 도대체 무슨 일 때문에 그런지 추측하려 했다.

“상당히 중요한 일인 모양이오. 전서를 보신 어르신의 표정이 좋지 못하였소.”

“그랬군요…….”

유진진은 어제 천주가 말했던 강호의 소문에 대해 떠올렸다.

“귀문주가 죽은 일은 알고 있었나요?”

“물론이오.”

“그런데 그 소식을 제게는 알리지 않았군요.”

“시간이 없었소. 거기다 향비께선 곧바로 이곳으로 오지 않았소? 잠시 들렀다면 알았을 것이오.”

영비가 차분한 목소리로 대답하자 향비, 유진진이 조금 굳은 표정으로 입을 열었다.

“그렇다 하더라도 귀문주가 죽었어요. 그런 중요한 사안을 제게 알리지 않다니요?”

“미안하오. 다음부터는 그런 일이 없도록 하겠소.”

아무렇지도 않게 대답하는 영비의 모습에 유진진은

아미를 찌푸렸다. 그의 표정은 별반 달라진 게 없었고 여전히 무덤덤했다. 그에 영비나 공 천자나 둘 다 비슷한 사람이라고 생각하는 그녀였다.

"귀문주가 죽은 것 때문에 강호가 시끄럽더군요. 천주께서도 그 일을 언급하셨으니까요. 그 일 때문에 어르신을 부른 것 같아요."

"그런 일이 있었소?"

"그래요."

영비는 유진진의 대답에 눈을 반짝였다. 천주가 귀문주의 죽음에 관심을 가졌다는 말 때문이었다.

유진진이 다시 물었다.

"설마 이곳만 정보를 차단한 것은 아니겠지요?"

"나는 어르신의 심부름만 할 뿐이오. 내 힘으로 어찌 정보를 차단할 수 있겠소? 그런 일은 없을 테니 걱정하지 마시오."

"알겠어요. 천주께서 어젯밤 귀문주의 죽음을 언급하시면서 제가 모르고 있다는 사실에 실망하셨어요. 그러니 제 입장도 좀 생각해주세요."

"그렇게 하리다."

미소를 보이며 고개를 끄덕이던 영비는 천주가 다가오자 유진진과 함께 고개를 숙이곤 길옆으로 비켜섰다.

그런 영비의 모습에 천주는 빠른 걸음으로 객청 안으로 들어갔다.

그제야 고개를 든 영비가 짧은 숨을 내쉬며 말했다.

"여전히 긴장되게 만드는 분이오……."

"저도 그래요."

유진진이 그 마음을 이해한다는 듯 미소 지었다.

공 천자와 마주 앉은 천주는 짧은 수염을 쓰다듬으며 입을 열었다.

"얼마 전 시장에 잠시 나갔다가…… 귀문주가 죽었다는 소문을 들었소."

"죽은 지 꽤 되었지요."

차를 한 모금 마신 공 천자가 상당히 공손한 표정으로 대답했다.

그의 이런 모습을 다른 사람들이 본다면 놀랄 것이다. 그가 존대하는 인물이 과연 강호에 존재하기는 한 것일까? 아마 없을 것이다. 그런데 눈앞의 천주라는 인물은 공 천자에게 존대를 받고 있었다.

"내게 알리지 않은 이유는 장권호 때문이오?"

"물론이지요."

공 천자는 굳이 숨기지 않겠다는 표정으로 대답했

다. 일순 천주의 표정이 굳어졌으나 이내 담담한 본래의 얼굴로 돌아왔다.

그의 표정이 바뀔 때마다 방 안의 공기가 바뀌는 것 같았고, 공 천자도 그것을 잘 알고 있었다.

가만히 공 천자를 바라보던 천주가 미소를 보이며 물었다.

"나 모르게 손을 쓴 모양이오?"

"예."

공 천자는 부정하지 않았다. 임의대로 명령한 일이 많았기 때문이다.

천주는 공 천자의 대답을 듣고도 표정의 변화가 없었다. 능히 그럴 거라 예상했던 일이었고, 그게 다 자신을 위한 것임을 잘 알고 있었다.

"장권호는 어떤 것 같소?"

천주의 물음에 공 천자는 가만히 생각하다 입을 열었다.

"천주님이 칭찬하신 이유를 알 것 같았지요. 꽤나 대단한 무공을 지닌 것 같습니다."

"그럴 것이오."

천주는 공 천자가 장권호를 칭찬하자 마치 자신의 일이라도 되는 것처럼 기분이 좋아진 표정이었다.

"장권호는 장백파의 사람입니다. 그 점은 분명히

하셔야 할 것입니다."

조금 염려스럽다는 듯 말하는 공 천자였지만 천주는 여전히 미소를 보일 뿐이었다. 기분이 좋았기에 어떤 말도 기분 좋게만 들렸다.

"걱정하지 마시오. 내게…… 추억일 뿐이니 말이오."

천주의 말에 수염을 쓰다듬으며 고개를 끄덕인 공 천자가 다시 말했다.

"이제 장백파도 몰락의 길을 걷고 있으니 중원 무림에는 큰 복이라 할 수 있지요."

"장백파의 오랜 역사가 그리 쉽게 사라지겠소? 가벼운 상대가 아니니 오랜 시간 기다려야 할 것이오."

"그렇지요. 허나…… 몰락의 길을 걷고 있는 것도 사실이지요."

천주도 그 말엔 부정하지 못하고 고개를 끄덕였다. 한번 무너진 제방을 다시 만들기란 쉽지 않다. 장백파는 분명 몰락의 길을 걷고 있었다. 제자라고 해봐야 이제는 장권호 한 명이 다였다.

"그래서 앞으로 어떻게 할 생각이오?"

"특별히 생각해놓은 것은 없습니다. 지금은 그보다 구주성의 움직임이 심상치 않아 그쪽에 신경을 쓰고 있지요. 구주성이 요 근래 후계자의 싸움이 마무리되면서 안정을 찾았습니다.”

“이야기는 들었소.”

천주가 며칠 전 보고받은 일을 떠올리며 대답했다.

“구주성주는 자신의 입지를 다지기 위해 호남으로 진출할 듯합니다. 그렇게 되면 세가맹과 대규모 전쟁이 있을 것이고 사천맹과도 상당한 마찰이 있을 것으로 보입니다. 그 전쟁에서 자신에게 불복하는 세력을 없애려 할지도 모르지요.”

“기반을 다지기엔 전쟁만큼 좋은 수단도 없지. 구주성주가 꽤나 좋은 생각을 했구려.”

“우리도 세가맹의 세력을 좀 약화시킬 필요가 있다고 판단했습니다.”

“방관할 생각이오?”

“예. 허나…… 적당한 시기에 개입할 생각입니다.”

공 천자의 대답을 들은 천주는 짧은 수염을 다시 한 번 쓰다듬고는 미소를 보이며 말했다.

“그 일이야 내가 나설 문제가 아니니 알아서 하시구려.”

“그리하겠습니다.”

“아! 장권호는 지금 어디에 있소?”

공 천자는 천주가 장권호의 소재를 묻자 조금 놀란 표정을 보였다.

"만나시려는 겁니까?"

"설마……. 그냥 궁금할 뿐이오."

그의 말에 살짝 미간을 찌푸린 공 천자가 수염을 쓰다듬었다. 알려주면 천주의 성격상 만나러 갈 게 뻔하였기 때문이다. 그렇다고 모른다는 거짓말을 할 수도 없었다.

"남창에 있다 하였습니다. 하지만 계속 이동하고 있기 때문에 간다고 해서 만날 수 있다고 확신할 수는 없습니다."

"알겠소. 나는 복주에 가볼 생각이오. 오랜만에 바람도 쐴 겸해서 말이오."

"복주에 말입니까?"

복주라는 말에 그곳에 사는 한 여인의 얼굴이 떠올랐다. 천주가 그녀를 아끼고 있다는 사실은 그 또한 잘 알고 있었다.

"그렇소. 갔다 와도 되겠소?"

"물론입니다."

"그럼 먼저 일어나겠소."

미소를 보이며 자리에서 일어선 천주가 바람처럼 밖으로 나가자 공 천자는 홀로 앉아 식어버린 차를 마셨다. 그런 그의 표정은 상당히 굳어 있었다.

천주와 나눈 대화는 그냥 평소에 하는 것처럼 가벼

워 보였지만 실상 그 내용은 절대 가볍지 않았다. 그리고 천주의 기분이 상당히 좋지 않다는 것도 알 수 있었다. 오랜 시간 그의 곁에서 시간을 보낸 그였기 때문이다.

'장권호가 생각보다 천주의 마음에 큰 자리를 차지한 모양이다…….'

공 천자는 고민스러운 표정으로 씁쓸히 고개를 저었다.

곧 영비가 들어왔다.

"천주님께서 나가셨습니다."

"향비는?"

"불러올까요?"

공 천자가 고개를 끄덕이자 영비가 밖으로 나가 그녀를 불러왔다.

공 천자의 부름에 안으로 들어온 유진진이 그의 맞은편에 섰다.

"부르셨습니까?"

"천주께선 복주로 가신다 하였다. 잘 보필하거라."

"예."

유진진은 당연히 자신이 해야 할 일을 말하는 공 천자에게 의문의 시선을 던졌다. 이런 말을 하려고 자신을 부를 사람은 아니었기 때문이다.

공 천자가 다시 말했다.

"행여…… 천주께서 복주가 아닌 다른 곳으로 가시려 한다면 내게 바로 알리거라. 알겠느냐?"

"예, 알겠습니다."

"이만 가보마. 잘 모시고."

"예."

공 천자는 유진진의 대답을 듣고서야 안심한 표정으로 고개를 끄덕이며 자리에서 일어섰다.

곧 그와 영비가 밖으로 나가자 유진진은 빠른 걸음으로 천주의 거처로 향했다.

항주를 빠져나온 대로를 천주와 유진진이 걷고 있었다. 백의를 입은 천주는 왼손에 백색 검집의 검을 들고 있었는데, 검집에는 금색의 용이 그려져 있었다.

그 옆을 걷는 유진진 역시 같은 복장에 백색 검집의 검을 왼손에 쥐고 있었고, 그녀의 검집에는 붉은색의 주작이 그려져 있었다.

"복주까지 걸어가실 건가요?"

"천천히 가다 보면 언젠가는 도착하겠지."

천주의 말에 유진진은 미소를 지었다. 그와 함께하는 시간이 그만큼 많아졌기 때문이다. 자신이 좋아하는 사람과 함께하는 것만큼 즐겁고 신나는 일은 없을 것이다.

"힘들면 말이라도 구할까?"

"아니에요. 좋아서 그래요."

자신의 표정을 살피며 천주가 말하자 유진진은 재빠르게 고개를 저었다.

"요즘 무공은 어떻게 하고 있느냐?"

"시간이 될 때마다 수련하고 있어요. 부끄럽게도 천주께서 가르쳐주신 봉황삼식(鳳凰三式)이 너무 어려워서 이제 겨우 일식을 다 익혔어요."

"일식을 삼 년 만에 익혔다면 대단한 것이다. 보통 사람이라면 일식을 익히는 데만 십여 년을 소비할 텐데…… 너는 역시 천재로구나."

유진진은 천주의 칭찬에 얼굴을 살짝 붉혔다.

"봉황삼식을 다 익히면 천하에서 네 상대가 될 만한 사람은 몇 없을 것이다."

"다 천주님의 은덕 덕분이에요."

유진진이 진심 어린 표정으로 대답했다. 그녀는 자신에게 무공을 가르쳐준 천주에게 진심으로 감사하고 있었다. 무엇보다 자신이 천주의 위사가 된 것이 축복이라 여겼다. 다른 육비들은 천주에게 직접 무공을 사사하지 못하였지만 자신은 그의 위사가 되면서 그의 무공을 한 가지 배우게 되었으니 그 차이는 분명 클 터였다.

"그런데 천주님께선 제자를 안 두시나요?"

"제자라…… 글쎄…… 아직은 생각해본 적이 없다. 자식이라면 모를까……. 후후."

천주가 자식을 운운하자 유진진은 얼굴을 붉혔다. 아직 그는 미혼이었기 때문이다.

"혼인을 하실 생각이세요?"

"그래야지. 더 늦기 전에 해야지……."

"아…… 그렇지요."

"복주에 가면 오래전에 헤어진 연인이 있다. 지금 복주에 가는 것도 그녀를 만나기 위함이지……."

"아……."

연인이란 말에 유진진이 고개를 들었다. 처음 들어보는 말이었기에 놀라움을 감출 수 없었다. 지금까지 천주의 옆에 있었지만 그가 여자에 대해 말하기는 이번이 처음이었다. 왠지 가슴속이 뜨겁게 달구어지는 것 같았다.

"어떤…… 사람인가요?"

"좋은 사람이지……. 너도 보면 분명 좋아할 거다. 친하게 지내면 더 좋겠지."

유진진은 고개를 끄덕였다. 천주가 바라는 일이라

면 당연히 해야 했다. 하지만 마음은 그렇게 쉽게 움직이지 않을 것 같았다. 천주의 여자를 바라보는 일이 과연 쉬운 일일까? 애써 태연한 표정으로 미소를 보이는 그녀였다.

"그렇게 할게요."

유진진의 대답에 천주는 그녀의 어깨를 다독였다.

제4장

포자 한 개

어두운 탁자 주변에 다섯 명의 그림자가 모여 앉아 있었다. 그들은 모두 검은 옷을 입고 있어 보이는 것이라곤 그저 두 눈뿐이었고, 그들의 시선은 가장 상석에 앉은 눈을 향해 있었다.

"삼도천에서 잠시 다리를 자른다고 합니다."

좌측에서 낮고 건조한 목소리가 흘러나오자 주변 공기가 무겁게 변하였다. 다리를 자른다는 것은 곧 정보를 안 주겠다는 뜻이었기 때문이다. 정보가 없는 살수 조직은 껍데기나 마찬가지였다.

"우리를 믿지 못하겠다는 뜻이로군……."

"그것보다 꼬리를 자르려는 것이겠지요."

우측에서 남자와 여자의 목소리가 흘러나왔다. 목소리로 보아 다섯 중 한 명은 여자가 분명했다.

"다리를 자른다라……. 다른 것은 없고?"

"구령산은 이미 전멸했습니다."

"역시……."

상석의 눈이 차가운 한기를 발산하였다. 구령산이라면 자신들의 수족을 키우는 곳이었기 때문이다. 그곳에 투자한 시간과 돈…… 거기다 인재들까지 합치면 엄청난 피해였다.

"구령산을 없앤 것은 제대로 일을 못한 대가겠지요……."

여자의 목소리에 좌중이 침묵했다. 삼도천이라면 능히 그럴 것이라 여긴 것이다. 이번 일을 마무리 못한 것의 대가치곤 너무 큰 대가였지만 불만을 토로할 수는 없었다. 상대는 다른 누구도 아닌 삼도천이었기 때문이다.

곧 다른 눈이 입을 열었다.

"삼도천에서 저희를 공격할 것 같습니까?"

가장 후미의 젊은 목소리가 울리자 상석의 눈이 번뜩였다.

"그럴 일은 없을 것이다."

그의 목소리에는 힘이 실려 있었다. 그것은 확신이

담겨 있었다.

곧 상석의 눈이 다시 말했다.

"잠시 휴식을 갖는다. 모두 흔적을 지우고 휴식을 취하도록……. 삼도천에도 그리 전하거라."

"예."

가장 후미의 눈이 대답하자 상석의 눈이 감겼다.

이내 남은 눈들도 조용히 어둠 속에서 사라졌다.

*　　　*　　　*

배에서 내린 장권호는 잠시 걸음을 멈추고 수많은 사람들의 모습을 바라보았다. 지금까지 돌아본 도시 중에 가장 활기차고 많은 사람들이 오가는 풍경이었다.

'남경…….'

그제야 자신이 도착한 이곳이 강남에서 가장 큰 도시라 불리는 남경이란 것을 다시 한 번 깨달을 수 있었다.

"뭐하세요?"

앞서 걷던 송이 고개를 돌려 묻자 장권호는 시선을 거두고 그녀들의 뒤를 따랐다.

수많은 고루거각들이 즐비하게 늘어선 남경 시내를

한참 걷던 그들은 상당한 규모를 자랑하는 다정루의 후원에 별채 하나를 얻었다.

방 안에 들어오자 송이 의자에 앉으며 말했다.

"무영루는 의외로 가까운 곳에 있어요."

"여기서도 보이니?"

장권호의 물음에 송과 함께 고개를 끄덕인 연이 창가로 다가가 저 멀리 보이는 높은 전각을 향해 말했다.

"저기 보이는 전각이 무영루가 있는 곳이에요. 남해루라는 곳인데, 보기에는 평범한 주루이지만 그것은 겉보기에 불과해요. 그곳의 루주가 바로 무영루의 루주예요."

"확실한가?"

"본 문을 무시하는 물음인가요? 사실이니 걱정하지 마세요."

연이 아미를 찌푸리며 대답하자 장권호가 미안한 표정으로 말했다.

"하오문을 못 믿어서 물은 것은 아니야. 단지 이런 성내에 무영루가 있다는 것이 믿어지지 않아서 그래. 살수 조직이 버젓이 자리를 잡고 있다니…… 의심이 들 수밖에 없지 않을까?"

틀린 말도 아니었기에 송과 연은 고개를 끄덕였다.

"대다수의 사람들이 장 소협과 같은 생각을 할 거예요. 그러한 점을 역으로 이용한 것이지요. 무영루가 있는 곳은 분명 남해루이고 그곳에 살수들이 있어요."

"살수들은 특별한 훈련을 한다고 하던데…… 이런 곳에서 훈련을 할 수 있겠나?"

"훈련을 하는 곳은 이곳이 아니에요. 저희들이 파악한 곳은 구령산인데…… 그곳의 깊은 산중에서 훈련한다고 하네요."

"그렇군."

송의 말에 눈을 반짝이며 전각을 보다 신형을 돌려 침상에 앉은 장권호가 두 여자들을 향해 말했다.

"나는 이제 자야겠는데…… 계속 이곳에 있을 건가?"

송과 연은 자리에서 일어나 옆방으로 향했다.

그녀들이 가자 장권호는 피곤한지 바로 눈을 감았다.

다음 날 아침, 간단하게 식사를 마친 그들은 작은 탁자를 사이에 두고 앉았다.

"어제 주무실 때 잠시 정찰을 다녀왔어요."

연의 말에 장권호는 미소를 보였다. 예상치도 못한

그녀들의 행동 때문이었다. 자신을 위해 정찰을 다녀와 준 것은 정말 고마운 일이었다.

"그래?"

"장 소협을 위해서가 아니라 저희 문을 위해서 하는 일이니 너무 신경 쓰지 마세요."

"장 소협을 도와주는 게 저희가 할 일이에요."

송과 연이 빠르게 말했다.

"안까지 가지는 못했지만 상당히 접근하기 어려운 구조더군요. 건물의 배치도 경비 서기에 좋고…… 거기다 오 층 거각으로 가기 위해서는 열 개의 문을 통과해야만 해요."

"상당히 복잡한데……."

연의 말에 장권호가 살짝 미간을 찌푸렸다. 조용히 안으로 들어가기란 불가능에 가깝다는 말처럼 들렸기 때문이다.

"남해루는 별채만 오십여 개가 넘어요. 거기다 정원도 이십 개가 넘고요. 경비무사들도 족히 이백 명은 되는 것 같더군요. 그러다 보니 손님들이 많을 뿐만 아니라 비밀스러운 모임들도 많아요. 게다가 외부와 차단이 잘된 지역들이 많아 비밀이 많은 사람들에게 인기가 좋지요."

송의 설명에 장권호는 고개를 끄덕였다.

"들어가는 거야 손님으로 들어가면 되지만 내부로 진입하기는 쉽지 않을 거예요. 일반적인 손님들은 담장도 넘지 못하니까요. 무림인이라 해도 쉽게 중앙으로 갈 순 없을 거예요."

"궁금한 게 있는데?"

장권호가 자신의 말을 끊으며 묻자 송은 고개를 끄덕였다.

"물어보세요."

"무영루는 의뢰를 어떻게 받지?"

"그들은 의뢰는 받지 않아요."

"……?"

송의 말에 장권호는 의아한 표정을 보였다. 의뢰를 받지 않는 살수 조직은 처음 들어봤기 때문이다. 의뢰 없이 어떻게 살수행을 할 수 있단 말인가? 말도 안 되는 일이었다.

"의뢰를 안 받는다…… 그게 말이 되는 건가?"

"의뢰를 받을 필요가 없기 때문이에요."

"재미있는 말이군."

송이 고개를 끄덕이며 다시 말했다.

"그들은 어찌 된 영문인지 의뢰를 받지 않고 직접 사람을 찾아가요. 재미있는 것은 어떻게 아는지 원한을 가진 사람들을 잘 찾아낸다는 점이지요."

송의 말에 장권호는 꽤나 흥미 있는 표정을 보였다.

"더욱 놀라운 것은, 그들이 찾아가는 사람들은 어느 정도 돈이 있고 권력이 있는 사람들이란 점이에요. 돈을 지불할 능력이 되면서 누군가를 죽이고픈 원한을 가진 사람들을 찾아간다는 건…… 절대 쉬운 일이 아니에요."

"그렇지……."

장권호도 그 말에 동의하는 듯 고개를 끄덕이며 무영루가 대단하다는 생각을 하였다.

"그들은 그만큼 놀라운 정보력을 가지고 있어요. 분명 저희와 견주어도 손색이 없는 정보력일 거예요."

"대단하군."

"대단하지요……. 살수 조직 하나가 이 정도의 정보력을 갖추었다고 볼 수 있으니까요."

"아니, 내가 말한 건 너희들이야. 그렇게 대단한 무영루가 어디에 있는지 그 위치를 정확하게 파악하고 있으니 말이야."

장권호의 말에 송과 연은 기분이 좋다는 듯 미소를 보였다. 하오문을 칭찬한 것인데 왠지 자신들이 칭찬을 듣는 기분이었다.

"그런데 언제 무영루에 가실 건가요?"
"지금."
장권호가 미소를 보이더니 자리에서 일어섰다.

* * *

장권호는 살수 조직이라고 해서 크게 다르다는 생각은 안 했다. 그들이 아무리 대단한 살수들이고 큰 조직이라 해도 어차피 사람이었기에 단지 그들을 사람으로만 생각했다. 그렇게 생각하는 게 상대하기 편했기 때문이다.
굳게 닫혀 있는 남해루의 정문 앞에 나타난 장권호는 정문을 잠시 바라보다 걸음을 옮겨 담장 앞에 멈춰 섰다.
이른 아침이라 주변에 사람의 모습은 보이지 않았다. 새벽까지 찬란하게 빛나던 거리는 아침이 되자 마치 죽은 거리처럼 조용한 침묵만이 맴돌았다.
주변을 둘러보던 장권호는 거리에 사람이 없는 것을 확인 하고 가볍게 담장을 넘어 안으로 들어갔다.

남해루의 루주 막성위.
막성위의 집안은 대대로 남해루를 운영해왔으며,

올해는 그가 남해루의 루주가 된 지 딱 십오 년이 되는 해였다.

이른 아침부터 눈을 뜬 채 창가에 서 있는 그의 표정은 그리 밝지 않았다. 지금까지 많은 경험을 하고 많은 일들이 있었지만 지금처럼 불안한 시간을 보내기도 처음이었다.

그래서일까? 그는 요즘 들어 통 잠을 잘 수가 없었고, 마치 불면증에 걸린 사람처럼 가슴이 답답하기만 했다.

'우릴 버린 것인가……?'

막성위는 자신들의 다리를 자른 삼도천의 행위와 구령산의 전멸이란 현실을 도저히 이해하지 못하고 있었다.

지금까지 그들에게 충성을 바친 세월이 무려 이백 년이었다. 그 긴 세월 동안 삼도천에 맹목적인 충성을 아끼지 않았던 것이다. 그들이 시키는 어떠한 일이라도 무영루는 거절 없이 다 해왔다. 그렇기 때문에 삼도천의 후미지고 어두운 부분을 가장 많이 알고 있는 곳 역시 무영루였다.

막성위는 삼도천의 진의를 파악하기 위해 수하들을 보냈지만 아직 소식이 오지 않자 불안감을 감추지 못했다.

그때 창밖을 보던 그의 미간이 살짝 찌푸려지더니 이마에 주름이 잡히며 절로 표정이 굳어졌다. 이곳으로 들어오는 문을 지나는 청년 때문이었다. 청년은 주변에서 따라붙는 세 명의 경비무사들을 가볍게 쓰러뜨리고 이곳을 향해 걸어오고 있었다.

"흠……."

막성위의 입에서 절로 침음성이 흘러나왔다.

"침입자입니다. 어떻게 할까요?"

그제야 변고를 알게 된 수하가 급하게 모습을 보이며 말하자 차가운 표정으로 걸어오는 청년의 얼굴을 살피던 막성위가 입을 열었다.

"소란 피우지 말고 그를 접객실로 안내해라. 귀한 손님이니."

"예."

막성위는 대답과 함께 수하가 사라지는 것을 본 후 신형을 돌려 자신의 방으로 들어갔다. 청년의 얼굴을 본 순간 그가 누구인지 한눈에 간파할 수 있었다.

몇 개의 문을 통과하는 동안 큰 소란은 없었다. 살수 조직이라고는 하나 경비의 수가 그리 많지도 않았고, 의외로 조용했다.

오 층의 전각 앞으로 다가가자 문 앞에 사람의 그

림자가 하나 나타났다. 인기척을 거의 느낄 수 없는 그 사람은 청포를 입은 중년인으로, 언뜻 보면 문사처럼 보이는 인물이었다.

"루주님께서 기다리고 계십니다."

급작스러운 그의 인사말에 장권호는 잠시 당황한 표정을 보였다. 생각지도 못한 반응이었기 때문이다.

"나를 아시오?"

장권호가 묻자 중년인은 그저 미소만 보일 뿐 다른 말은 입에 담지 않았다. 그리고는 신형을 돌려 어두운 전각 안으로 걸어 들어갔다.

중년인의 뒤를 따라 전각 안으로 들어간 장권호는 곧 삼 층의 넓은 객청에 도착했다.

중년인은 그곳에서 미소와 함께 모습을 감추었다.

'상당한 발놀림이군…….'

장권호는 이곳으로 안내되어오는 동안 사람의 인기척을 거의 느낄 수가 없었다. 하지만 중년인이 사라진 직후 십여 명의 인기척이 느껴졌고 그들의 기척도 한순간에 사라지자 대단하다는 생각이 들었다.

무영루의 본모습을 본 것은 아니지만 여기가 무영루라는 것을 피부로 느낄 수 있었다.

"차를 내오거라."

객청 안에서 낮은 목소리와 함께 사십 대 중반의

중년인이 모습을 보였다.

장권호와 눈이 마주친 중년인은 가볍게 미소를 보인 후 천천히 걸어와 그의 앞에 앉았다.

"당신이 루주시오?"

"그러네. 이곳의 루주인 막성위라 하네."

"장권호라 하오."

"자네에 대해선 잘 알고 있네."

장권호가 이름을 밝히자 막성위가 눈을 반짝이며 고개를 끄덕였다. 자신의 예상이 맞았기 때문이다. 하지만 속으로는 상당히 놀라고 있었다. 그가 어떻게 이곳을 찾아왔는지 무척이나 놀랍고 궁금했다.

"이른 아침부터 특별한 손님을 보게 되니 상당히 놀랍군."

"놀랍다라……."

낮은 목소리로 중얼거리던 장권호가 다시 입을 열었다.

"하긴…… 놀랐을 것이오. 죽여야 할 상대가 직접 찾아왔으니 말이오."

아무래도 이곳이 무영루라는 것을 정확하게 파악하고 온 모양이었다.

"이곳이 무영루가 맞는 모양이군."

"알고 온 것 아니었나?"

"후후……."

장권호는 낮은 웃음을 흘렸다.

그의 기도가 상당한 중압감을 만들었지만 막성위의 표정엔 일말의 변화도 없었다. 그가 마음만 먹으면 남해루 따윈 순식간에 무너질 것이란 사실을 알고 있음에도 두렵지 않았다. 두려움이 있었다면 강호에서 살 수도 없었을 뿐더러 지금까지 무영루를 운영하지도 못했을 것이다.

"죽지도 않는 자네와 싸운다는 것은 우리 같은 사람들에겐 상당한 손해이네. 그래, 원하는 것이 무엇인가?"

"내가 원하는 것이 있어서 온 것처럼 보이오?"

"그럼 아닌가? 우리와 싸울 생각이었다면 이렇게 앉아 있지도 않았겠지. 아닌가?"

"하긴, 그랬겠지……."

장권호도 막성위의 말을 부정하지는 않았다.

"귀찮아서 온 것이오. 좀 쉬고 싶은데 쉬지도 못하게 하는 모기가 있어서 말이오. 물려도 아픈 건 아닌데 상당히 가렵소."

"……!"

장권호의 말에 막성위의 표정이 굳어지더니 그의 눈동자에 살기가 감돌았다. 하지만 은연중 살기를 내

보일 뿐, 곧 평상시의 모습으로 돌아왔다. 설마하니 무영루의 살수를 모기로 표현할 줄은 몰랐기에 내심 당황스러우면서도 분노가 치밀었다.

"평생 살면서 이렇게 모욕적인 말을 들을 거라곤 생각지도 못했는데…… 재미있군."

막성위가 스산한 미소를 보였다. 하지만 장권호 역시 그 미소에 화답하듯 웃음을 보이며 눈을 빛냈다.

"그래서 그 모기를 죽이려고 온 것인가?"

"아까도 말하지 않았소? 그냥 귀찮다고 말이오. 그러니 그만 보내는 것이 어떻소? 서로 이득 될 건 없을 것 같아 하는 말이오."

"우리가 어떤 조직인지 잘 알면서 하는 말인가? 우린 의뢰를 포기한 적이 없네."

"그럼 모두 죽여야겠군."

장권호의 눈에 살기가 감돌더니 그의 신형이 사라졌다.

이내 '퍽!' 소리와 함께 우측으로 삼 장 정도 떨어진 곳의 벽 속에 장권호가 손을 박아 넣자 벽 속에서 목이 꺾인 검은 인영이 모습을 보였다.

장권호는 신형을 돌려 다시 막성위를 바라보았다.

막성위는 상당히 놀란 표정으로 그런 장권호를 보며 자신의 수하가 바닥에 힘없이 쓰러지는 모습을 눈에 담았다.

그럼에도 그의 표정엔 크게 변화가 없었다. 사람이 죽는 것에 놀랄 그가 아니었다. 하지만 장권호가 왼팔을 앞으로 뻗자 그의 표정도 굳어졌다.

퍼퍽!

순간적으로 장권호의 왼팔에서 백색 선이 길게 뻗어나가더니 천장을 지나쳤다. 그러자 두 개의 흑영이 천장에서 빠져나와 바닥에 쓰러졌다. 그들의 머리 쪽에서 가느다란 핏방울이 흘러내리고 있었다.

장권호는 곧 왼손을 가볍게 흔들어 백색의 선을 회수했다.

"귀절사(鬼絕絲)……."

막성위가 놀랍다는 듯 중얼거리자 장권호가 미소를 보이며 왼팔에 감긴 귀갑을 보여주었다.

"당신들이 내게 준 선물이었소. 상당히 좋은 물건이라 잘 쓰고 있소이다."

자신의 왼팔을 어루만지다 막성위의 앞으로 다가와 의자에 앉은 장권호는 마치 지금까지 아무 일도 없었다는 듯 여유롭게 차를 한 모금 마신 후 말했다.

"아직 두 명이 남아 있는데 그냥 두기로 하겠소."

"후후…… 하하하!"

막성위가 크게 웃었다.

장권호는 찻잔을 내려놓으며 그 웃음에 화답하려는 듯 미소를 보였다.

"나조차도 인기척을 거의 느끼지 못하는 존재들이오. 그 정도의 살수가 과연 강호에 몇이나 있을까……. 그런데 오늘 세 명이 죽었구려. 남은 둘이 이제는 무영루의 최고일 것 같은데?"

"실력으로는 최고일지 몰라도 살수로서는 아니지. 살수(殺手)는…… 존재하지 않으니까."

막성위의 마지막 말이 장권호의 귀에 맴돌았다.

막성위는 곧 자리에서 일어나 쓰러진 시신들을 둘러보며 말했다.

"자네가 굳이 이곳에 와서 부탁하지 않아도 우린 이미 자네에게서 손을 놓았네. 그러니 앞으로는 걱정할 필요가 없을 걸세."

"반가운 소리로군."

"이곳에 와서 이렇게 소란을 피울 이유도 없었지."

"쓸데없는 행동이라고 말하는 것이오?"

"물론. 어차피 우린 이제 자네에게 관심이 없으니까."

막성위는 짧은 한숨과 함께 그렇게 말한 후 고개를 저었다. 그리고 장권호에게 시선을 던지며 다시 말했다.

"이미 의뢰인이 철회를 했고, 우린 그에 합당한 보상만 받으면 그만이네. 그러니 이만 가주겠나? 더 이상 내 아이들이 죽는 것을 볼 수가 없군그래."

"그 말을 믿겠소. 그리고 의뢰인이 누구인지 알 수 있겠소?"

장권호의 물음에 막성위는 손을 저었다. 하지만 더 이상 무영루가 자신의 일에 관여하지 않겠다는 말을 들었기에 장권호는 미련 없이 밖으로 나갔다.

그가 멀어지는 모습을 창밖으로 바라보던 막성위가 주먹을 떨었다. 하지만 잠시일 뿐, 곧 평상시의 모습으로 사라진 장권호의 모습을 눈에 그렸다.

"어떻게 할까요?"

검은 그림자 하나가 뒤에 나타나 물었다.

"그냥 둬. 감시할 필요도 없네. 이제 우리의 손을 벗어난 존재이니 말이야. 목이 붙어 있는 것만으로도 감사해야 할 걸세."

막성위의 말에 검은 그림자의 신형이 흔들렸다.

"예……."

그도 장권호의 움직임을 눈으로 좇지 못하였다. 무엇보다 자신들의 존재가 들켰다는 것에 심적 충격을 받은 후였기에 약간의 두려움마저 느끼고 있었다.

"그에 관한 모든 것을 지우게. 우린…… 장권호를

본 적도 없고, 그가 이곳에 온 적도 없다. 무슨 뜻인지 알겠지?"

"예, 알겠습니다."

그의 신형이 사라지자 막성위는 짧은 숨을 다시 한 번 내쉬었다.

"왜 그만두라고 한 것인지…… 이제야 이해가 가는군그래……."

자신의 방에 있던 특급 살수 세 명이 순식간에 당하는 것을 두 눈으로 똑똑히 목격했다. 그리고 나머지 두 명의 존재도 그는 분명 알고 있었다.

강호 최고는 아니지만 그에 근접한 살수들이었기에 무영루의 재산이나 마찬가지였다. 한데 그런 재산이 이렇게 허무하게 사라지자 화가 나기도 하고 어이가 없기도 했다.

강호에서 무영루의 특급 살수가 이렇게 허무하게 죽는 일은 없었다. 그 존재를 알고 있다는 것 자체가 대단한 일이었으며, 그런 사람을 죽이는 의뢰는 받지도 들어오지도 않았다.

"후후……."

막성위는 낮게 웃으며 침실로 향했다. 이제야 마음속에서 무거운 짐 하나가 사라진 기분이 들었기 때문이다.

상대가 너무나 대단해서 그만두라는 것이었지 절대 무영루의 실력을 의심해서 그만두라고 한 것이 아니라는 생각이 들었다. 그것을 눈으로 확인하자 오늘은 오랜만에 잠이 올 것 같았다.

장권호가 자신의 방으로 돌아오자 기다렸다는 듯이 송과 연이 다가왔다. 그녀들은 결과가 상당히 궁금하다는 듯 또랑또랑한 눈으로 장권호의 머리부터 발끝까지를 훑어보았다.

"다치지는 않았어요?"

연이 자리에 앉는 장권호의 옆으로 다가와 물었다.

장권호는 눈을 크게 뜨고 마치 다른 생물을 보는 듯 자신을 보는 연을 향해 미소를 보였다.

"별일은 없었어. 나에 대한 척살만 풀어달라고 했으니까."

"풀어준다고 해요?"

장권호가 선선히 고개를 끄덕이자 송과 연이 매우 놀란 표정을 보였다. 무영루가 어떤 집단인지 잘 알기 때문이었다.

"믿을 수가 없군요."

송은 정말 믿지 못하겠다는 표정이었다. 그러더니 곧 빠른 걸음으로 방을 나갔다. 아마도 보고를 하기 위해 나간 것이 분명했다.
"앞으로 어떻게 하실 건가요?"
연이 차를 따르며 물었다.
"무영루의 일도 마무리되었으니 남궁세가로 가야지."
"남궁세가……."
연은 조금 경직된 표정으로 남궁세가의 이름을 되뇌었다.
"내일 떠날 것이니 그때 헤어지는 것으로 하지."
장권호의 말에 아쉬운 듯 미미하게 고개를 끄덕이던 그녀가 생각난 듯이 말했다.
"아마 헤어지는 일은 없을 것 같아요. 그림자처럼 따라다니면서 동태를 파악하라고 다시 명령을 내릴 것 같으니까요."
"어디서?"
"위에서요."
연이 손가락으로 천장을 가리키며 미소 지었다.
"후후……."
장권호는 그 말에 가만히 미소를 보였다.

*　　*　　*

원보산(元寶山).

광서성 최북단에 자리하면서 귀주와 호남성의 경계에도 자리한 원보산은 그 주변이 밀림에 가려진 커다란 산이었다.

사람의 그림자도 찾을 수 없던 이곳에서 사백 년 전 구주성이 시작되었고, 지금은 푸른 숲 속에 우뚝 솟은 거대한 성이 자리를 잡고 있었다.

단일 세력으로는 강호 최대였으며, 그 휘하에 수많은 문파들이 그들과 함께하였다.

척! 척!

돌로 된 계단을 오르는 세 명의 무사들은 검은 피풍의에 흑의를 입고 허리에는 검을 차고 있었다. 그리고 그중 가장 앞선 중년 무사의 손에는 붉게 물든 보자기가 들려 있었는데, 일정한 시간을 두고 붉은 방울이 하나씩 바닥에 떨어져 내렸다.

그들의 발이 거대한 문 앞에 멈춰 서자 경비를 서던 무사들이 문을 열었다.

중년 무사는 일말의 망설임도 없이 안으로 들어갔고, 나머지 두 무사는 문 앞에 서서 대기하였다.

뚝! 뚝!

붉은 방울이 대전 안에 떨어져 내렸다.

앞을 향해 걷던 중년 무사는 곧 태사의에 앉아 있

는 이십 대 후반의 짧은 수염을 기른 청년 앞에 부복하였다.

"임무를 마치고 돌아왔습니다."

잠시 부복한 중년 무사를 바라보다 붉게 물든 보자기를 쳐다보는 청년의 눈동자가 파란빛을 발하며 사이하게 반짝였다.

"목인가?"

"예."

중년 무사가 대답과 함께 보자기를 풀어 청년의 앞에 보였다.

청년은 두 눈을 부릅뜬 채 자신을 노려보는 사나운 인상의 중년인을 바라보며 입가에 미소를 그렸다.

"좋은 얼굴이군. 죽기 전에 한 말은 없나?"

"조카에게 죽을 줄은 몰랐다고 했습니다."

중년 무사의 대답에 청년이 미미하게 고개를 끄덕였다.

"그렇겠지……. 일어나게나."

중년 무사가 자리에서 일어나자 청년이 옆쪽에 놓인 의자를 눈짓으로 가리켰다.

중년 무사는 조심스럽게 물러가 좌측 의자에 앉았다. 그 옆에는 작은 탁자가 있었는데, 그 위에 술잔이 하나 덩그러니 놓여 있었다.

"후아주이네. 마시게나."

"감사합니다."

중년 무사가 대답과 함께 술잔을 들어 단숨에 마셨다.

"선의대주 오랑입니다."

그때 문이 열리더니 이십 대 중반의 백의 무복을 걸친 청년이 들어왔다. 태사의에 앉은 청년에게 다가와 부복한 그는 곧 의자에 앉은 중년 무사에게 시선을 던졌다.

"죄송합니다."

"자네도 앉지."

"예."

백의 청년은 곧 중년 무사의 옆자리에 앉았다.

"한발 늦었군."

중년 무사의 낮은 속삭임에 백의 청년, 오랑이 미간에 주름을 그리며 입술을 깨물었다. 하지만 입을 열지는 않았다. 그의 말처럼 한발 늦었기 때문이다.

태사의에 앉은 청년이 미소를 보이며 말했다.

"손 대주가 먼저 했으니 약속대로 손 대주에게 상을 주지."

"쩝."

오랑은 입맛을 다시며 옆에 앉은 중년 무사를 다시

한 번 노려보았다.

그런 그의 시선을 느낀 듯 살짝 고개를 들어 그를 본 중년 무사가 입가에 미소를 걸었다. 승리의 미소였다.

“아쉽지만 어쩌겠는가?”

그의 말에 오랑은 다시 한 번 입술을 깨물며 어깨를 떨었다. 자신이 패한 게 아니라 늦었다는 것에 화가 난 것이다.

곧 태사의에 앉은 청년이 말했다.

“약속대로 손 대주에게 상을 주도록 하지. 숙부의 재산 중 삼 할과 그 집을 사용하게나.”

그 말에 중년 무사, 손미평은 상당히 놀란 표정을 보였다. 설마하니 그 정도로 막대한 재산을 줄 거라고는 생각지 못했기 때문이다.

“감사합니다, 성주님.”

손미평이 자리에서 일어나 부복하며 고개를 숙였다.

그 모습을 오랑은 아쉽다는 듯 입맛만 다시며 바라보았다. 구주성주의 숙부라면 당연히 재산이 많을 것이고, 그 막대한 재산의 삼 할이라면 상상하기도 힘들 정도일 게 분명했다. 한데 그러한 재산을 손미평이 가져간 것이다.

"식솔들과 노예들은 어찌 처리할까요?"

"숙모들과 그 자식들은 모두 처가로 보내. 굳이 그들 집안과 싸울 이유는 없으니. 살려 보내준 것만 해도 고마워하겠지. 그리고 노예들은 자네가 쓰게."

"알겠습니다."

손미평은 대답 후 미소를 보였다. 상상 이상으로 후한 상을 받았기 때문이다. 이런 상이 그동안 노력해온 것에 대한 보상이라 생각하자 기분이 무척 좋았다.

"태정원주와 영화대의 대주입니다."

"들어와."

곧 문이 열리며 일남일녀가 들어왔다. 붉은 홍의를 입은 이십 대 중반의 요염한 눈동자를 가진 여자와 삼십 대 중반의 짧은 수염을 기른 중후한 인상을 지닌 선비 차림의 문사였다.

이들은 태정원주인 천연성과 영화대의 대주인 채진아였다.

안으로 들어온 그들은 청년의 발밑에 사람의 머리가 놓여 있자 눈을 반짝였다. 그 머리의 주인이 누구인지 그들 또한 잘 알기 때문이었다.

"성주님을 뵙습니다."

둘은 동시에 부복한 후 자리에서 일어났다.

천연성은 우측에 위치한 의자에 앉았고, 채진아는 오랑의 옆에 앉았다.

"치우게."

청년의 말에 문밖에서 무사들이 들어와 머리를 치웠다.

그것을 지켜보던 천연성이 말했다.

"마지막 남은 녹야성이 죽었으니…… 이제야 성내도 정리가 된 듯 보입니다."

"정리가 되었지. 나와 이 자리를 놓고 싸운 마지막 한 사람이었으니……. 허나 숙부를 내 손으로 죽인 사실은 변함이 없을 것이네."

천하에서 가장 커다란 세력을 가지고 세상에서 가장 두려운 존재가 되어버린 사람의 입에서 쓸쓸한 말이 흘러나오자 모두의 표정이 어둡게 변하였다. 이 자리까지 오기 위해 얼마나 많은 피를 뿌렸는지 그들도 잘 알기 때문이었다. 그리고 그 피에는 성주의 가족들도 포함되어 있었다.

"성주가 되면 천하를 다 가진 기분이 될 줄 알았는데…… 꼭 그렇지만도 않군. 후후후."

구주성주이자 강호십대고수 중 최고의 반열에 올라 있는 신풍(新風) 일도천패(一刀天覇) 녹사랑은 씁쓸한 미소를 입가에 담았다.

잠시의 침묵이 대전 안에 흘렀고, 입을 여는 사람

은 없었다. 모두들 지난 과거를 떠올리는 듯 추억에 잠겨 있었다.

침묵을 깨고 입을 연 것은 녹사랑이었다.

"그래도 오늘은 기분 좋은 날이니 즐겁게 시간을 보내고 싶군. 연회라도 열어야 하나?"

그의 시선이 천연성에게 향하자 천연성이 미소를 보이며 말했다.

"연회는 후에 열어도 늦지 않습니다. 그것보다 죽은 녹야성의 식솔들을 처리하는 게 더 큰 문제로 보입니다."

"식솔들은 모두 처가로 보낼 생각이네. 그 일은 신무대주가 처리할 것이고."

천연성은 녹사랑의 말에 살짝 미간을 찌푸리더니 곧 자신의 생각을 말했다.

"그들을 모두 처가로 보내는 것은 훗날 저희에게 반기를 들 검을 주는 것과 마찬가지입니다. 녹야성의 부인들이야 보낸다 해도 그 여식들은 이곳에 남겨야 합니다."

"무슨 소리인가?"

녹사랑 역시 그들을 모두 처가로 보내는 것이 조금 껄끄러운 상태였다. 그의 말처럼 후에 자신에게 검을 들이댈지도 모르는 일이기 때문이다.

"그들을 그냥 보내 후환을 남기느니 차라리 연을 맺는 게 더 이득일 것입니다. 마침 오 대주나 손 대주도 아직 혼인을 안 하지 않았습니까?"

"험! 험!"

천연성의 말에 손미평이 어색한 기침을 토하며 얼굴을 붉혔다. 오랑 역시 살짝 미간을 찌푸렸으나 표정은 그리 나쁘지 않았다.

"물론 남녀 사이의 일이야 애정이 중요하겠지만…… 그건 함께하다 보면 자연스럽게 생기는 것이지요."

천연성의 말에 녹사랑은 살짝 고민스러운 표정을 보였다. 생각해보면 그의 말도 나쁘지는 않았다. 그들에게 원한을 주는 것보다 자신의 곁에 두어 연을 맺게 한다면 자신의 사람으로 흡수할 수 있기 때문이다. 더구나 그들이 이 혼인을 반대할 명분도 없었다. 어차피 다 죽여야 할 것을 살려준 것이니 오히려 감사해야 할 일이었다.

"자네도 혼인을 해야 하지 않나?"

"저는 녹인설 소저를 제 부인으로 두고 싶습니다."

천연성이 망설이지 않고 말하자 녹사랑은 눈을 크게 떴다. 설마하니 그가 이렇게 적극적으로 나올 줄은 몰랐기 때문이다.

"관심이 있었군?"

"물론이지요. 다른 사람들보다 먼저 차지하고 싶었을 뿐입니다."

당연하다는 듯한 천연성의 대답에 가볍게 미소를 보인 녹사랑은 손미평과 오랑에게 시선을 던졌다.

"자네들은 어떤가?"

손미평은 그저 안색만 붉힐 뿐 대답하지 않았고, 오랑도 굳은 표정으로 입술을 다물었다.

"빨리 말하게. 아니면 내가 지정해줄까?"

"녹영 소저가……."

"하하하하!"

오랑이 먼저 망설이듯 입을 열자 녹사랑은 크게 웃으며 고개를 끄덕였다.

"자네에게 어울리는 아이로군. 비록 열다섯 살이나 크면 분명 빼어난 미인이 될 것이야. 그럼 둘째인 녹선은 손 대주가 부인으로 맞이하게. 이는 통보네."

그의 말이 끝나자 세 사람은 녹사랑에게 부복했다.

곧 자리에서 일어난 손미평이 조심스럽게 입을 열었다.

"저는 녹 소저에게 원수나 마찬가지인데 과연 혼인이 되겠습니까? 그게 걱정입니다."

"원한을 가지려면 나에게 가져야지. 죽인 것은 자

네지만 결국 내가 죽인 것이니…… 너무 걱정하지 말게나."

그제야 손미평은 조금 표정을 풀었다.

"크게 걱정하지 마시구려. 손 대주라면 충분히 녹선 소저를 다스릴 수 있을 것이오. 내 도와드리겠소이다."

천연성의 말에 손미평이 고개를 끄덕이며 미소를 보였다.

"그럼 그 문제는 이걸로 해결된 것인가?"

"예. 혼인이 성사되면…… 쥐구멍이라도 찾기 위해 도망치던 녹야성의 세력들이 오히려 고마워할 것입니다. 은혜에 감사하며 충성하겠지요."

"그 문제는 자네에게 맡기지. 잘 해결해주게."

"예. 성주님께서는 사촌 누이들에게 말씀만 잘해주시면 됩니다."

"그러지."

녹사랑은 고개를 끄덕이며 미소를 보였다. 녹야성과의 문제가 혼인으로 일단락된다면 그것만큼 좋은 것도 없었다. 자신의 충신들이 모두 녹가와 연을 맺게 되는 일이었기 때문이다.

가족, 그것은 세상에서 가장 끈끈한 신뢰와 믿음으로 엮인 집단이었다. 천연성도 바로 그것을 원한 것이다.

"그럼 다른 문제를 논의하지. 태선원주와 전무원주를 부르고, 오각의 각주들도 불러라."

"예."

문 쪽에 서 있던 무사들이 대답 후 빠르게 흩어졌다.

해가 질 무렵 대전을 나온 녹사랑은 후원을 지나 별채로 들어갔다. 조용한 실내에 들어서자 바느질을 하던 중년 여인이 녹사랑을 발견하고 자리에서 일어섰다.

젊었을 때 상당한 미인이었을 것 같은 중년 여인은 안색이 창백하다는 것이 조금 흠이라면 흠이었다.

"랑이구나."

"예."

공손하게 대답한 녹사랑이 자신의 맞은편에 앉자 중년 여인은 마치 자식을 대하듯 녹사랑을 바라보다 차를 따랐다.

"대전에서 회의가 있었습니다."

"그랬구나."

그녀의 미소에 녹사랑도 웃음을 보였다. 하지만 그의 눈동자는 쓸쓸했고, 조금 슬퍼 보였다. 눈앞에 앉아 있는 사람이 바로 자신을 살리기 위해 성에서 탈출시켜준 장본인으로, 얼마 전까지 어두운 동부에서 십 년 넘는 세월을 죄수처럼 보내야 했던 고모였기 때문이다.

녹사랑은 자신이 성주가 된 직후 그녀를 빼내주었지만 그녀의 건강은 악화될 대로 악화된 상태였다. 지금이야 어느 정도 건강을 되찾았으나 그녀의 창백한 안색을 볼 때마다 가슴이 아픈 것은 어쩔 수 없는 일이었다.

그의 고모인 녹가정은 녹사랑을 친자식처럼 생각하고 있었다. 아니, 그 이상으로 생각하는지도 모른다. 그만큼 어릴 때부터 녹사랑에게 지극한 정성을 쏟았다.

"오늘은 무슨 일로 회의를 한 것이니?"

"별거 없었습니다. 성내의 일이지요. 성주가 되고 나면 편할 줄 알았는데 무슨 회의가 이렇게 많고 결정해야 할 것들이 많은지 모르겠습니다."

투정 어린 그의 말에 녹가정은 미소를 보였다.

"어쩔 수 없지 않느냐? 십만에 달하는 성의 식구들을 먹여 살리고 보호해야 하니 바빠야지. 그래도 기쁜 모양이구나?"

"예."

녹사랑이 부정하지 않고 고개를 끄덕였다.
그때 밖에서 시비의 목소리가 들렸다.
"신 원주님께서 오셨습니다."
"이런, 좀 더 앉아 있고 싶었는데…… 손님이 오셨나 봅니다."
"어머!"
신 원주라는 말에 녹가정도 조금 놀란 표정을 보였다.
이내 녹사랑이 자리에서 일어섰다.
"이만 가보겠습니다. 내일 또 오지요."
"벌써 가려고? 아직 차 한 잔도 안 마셨는데……."
"저야 다음에 또 마시면 되지요. 밖에서 신 원주가 기다립니다."
"다음부턴 신 원주에게 오지 말라고 해야겠다. 네가 신 원주 때문에 일어서야 하니 말이다."
"하하! 아닙니다. 동생도 봐야 해서 어차피 일어날 생각이었습니다. 그럼."
"그래, 조심해서 가거라."
"예."
빠른 걸음으로 별채의 대문을 나선 녹사랑은 그 앞에 서 있던 삼십 대 후반의 강인한 인상을 가진 인물과 만났다.

조금 큰 키에 사자와 같은 기도를 뿜어내던 그가 녹사랑을 보고 고개를 숙였다.

"계신 줄 몰랐습니다."

"아니요, 마침 나가려던 참이었소. 어서 들어가 보시오."

"예……."

그는 대답한 후에도 움직이지 않았다. 녹사랑이 물끄러미 바라보았기 때문이다. 그 시선에 고개를 들었다 녹사랑과 눈이 마주치자 다시 고개를 숙였다. 녹사랑의 눈동자가 퍼렇게 반짝이고 있었다.

"가, 가보겠습니다."

"아니, 그럴 필요 있소? 들어가시오. 내 가리다."

막 신형을 돌리려던 신마정을 잡은 녹사랑은 미소를 보인 후 걸음을 마저 옮겼다.

한참 동안 고개를 숙이고 있던 신마정은 그의 모습이 사라지고 나서야 고개를 들고 조심스럽게 문 안으로 들어갔다.

식탁 위에 놓인 것은 포자와 차가 전부였다. 하지만 누구보다 기분 좋게 웃고 있는 녹사랑이었고, 그의 맞은편에 행복한 표정을 보이며 마주 웃고 있는 그의 여동생이 있었다.

녹원미는 포자를 한 입 물다 크게 웃었다.

"호호! 그래서요? 들어가는 것만 보신 거예요?"

그녀가 해맑게 웃으며 묻자 그 모습이 좋은지 녹사랑도 웃으며 고개를 끄덕였다.

"나는 설마하니 신 원주가 고모님께 갈 줄은 몰랐다. 조만간 두 분에게서 무슨 이야기가 나오지 않겠니?"

"에이, 설마요……. 그래도 나오면 좋지요."

녹원미가 고개를 젓다 좋을지도 모른다는 듯 고개를 끄덕였다. 아직 시집도 못 간 녹가정이 시집을 간다면 그보다 기쁜 일도 없을 것이다.

녹사랑은 포자를 집어 들다 잠시 그것을 바라보았다.

"어릴 때가 떠오르는군……."

"오라버니……."

"성주가 되면 안 먹으려 했는데…… 네가 만들 줄이야……."

"죄송해요. 그런데 막상 음식을 하려니…… 이것밖에 먹고 싶은 게 없었어요. 정말 원 없이 먹고 싶었으니까요."

어릴 때, 군침을 흘리며 시장에 쌓여 있던 포자를 바라만 봤던 기억이 떠올랐다.

"아니야, 단지 그렇다고……."

녹사랑은 가만히 중얼거린 후 포자를 한 입 베어 먹었다.

"맛이 어때요?"

"아주 맛있구나."

"어릴 때…… 너무 배가 고파 포자를 훔쳐 달아났던 기억이 나네요. 나 대신 오라버니가 뒤집어썼지만……. 그때 사람들에게 맞으면서도 훔친 포자를 먹던 오라버니의 모습이 정말 웃겼었는데."

"웃겼니? 그때 너는 막 울고 있었는데?"

"지금 생각해보면요. 호호. 그때 오라버니는 아플텐데도 눈물 한 방울 안 보이고 먹기만 했죠. 다들 독하다고 그랬던 것 같아요. 풋!"

녹원미가 미소를 보이며 말하자 녹사랑도 거지처럼 살았던 그때를 추억했다.

"설마하니 우리가 이렇게…… 비싼 옷을 입고 호화로운 방을 쓰게 될 거라곤 꿈도 꾸지 못했는데……. 정말 이게 제 방이고 꿈이 아닌 거죠?"

녹원미는 아직도 믿지 못하겠다는 듯 자신의 방 안을 둘러보며 물었다.

"물론이다. 꿈이 아니야. 볼을 꼬집어봐."

"헤헤."

녹원미가 자신의 볼을 당기며 웃음을 보였다.

녹사랑은 눈앞에 한 입 베어 먹은 포자를 들어 올렸다.

"이거 한 개를 먹기 위해 그때는 내가 살아온 모든 것을 버리고 도둑질을 해야 했지. 배고픔을 몰랐던 그 시간들을 말이야……. 그 모든 것을 버린 후에 먹었는데 너무 맛있어서 맞고 있다는 느낌도 안 들었어. 그때 다짐했지, 다시 돌아오겠다고……."

미소를 보인 후 포자를 먹으며 차를 마시는 녹사랑의 모습을 녹원미는 가만히 지켜보았다.

곧 그녀가 화제를 바꾸기 위해 표정을 밝게 하며 물었다.

"오늘은 특별한 일 없었어요? 소문을 듣자니 사촌들이 혼인한다고 하던데요?"

"벌써 소문이 퍼졌나?"

"자세히는 아니지만 경비무사들이 하는 말을 시비들이 들었다고 하네요."

"하하! 어떤 소문 말이냐?"

"그냥 사촌들이 혼인할 거라는 이야기 정도요?"

녹사랑은 그 말에 고개를 끄덕였다. 굳이 아니라고 할 필요가 없기 때문이다.

"숙부의 세 딸들을 혼인시키려고 한다. 죽이는 것

보다 차라리 그게 더 나을 테니까 말이야…….”

“그렇지요…….”

녹원미도 동의하는 듯 보였다. 죽느니 차라리 시집을 가서 잘살면 그보다 더한 행복은 없을 것이다.

“하지만 너무 쉽게 살려주는 것 같은 기분도 들어요. 숙부는 오라버니를 죽이려 한 사람이에요. 일가를 몰살시켜도 죄가 되지 않아요.”

“아무리 그래도 숙부는 숙부야. 죽은 아버님을 대신해서 성주가 되려다 패했을 뿐이고……. 숙부 한 사람만 죽었으면 되었다. 더 이상 녹가의 피를 흘리고 싶지 않구나.”

“죄송해요.”

녹원미는 자신이 너무 녹사랑의 뜻을 쉽게 생각했다고 여겼다.

“너는 그런 것보다 네 미래를 좀 더 신경 쓰려무나. 시집갈 준비도 좀 하고 말이다.”

“저는 시집갈 생각이 없어요. 그저 오라버니와 함께 살고 싶을 뿐이에요. 마음 같아서는 오라버니의 부인이 되고 싶은걸요.”

“하하하하!”

그 말에 녹사랑이 크게 웃었다. 하지만 녹원미의 눈빛에선 진심이 묻어나왔다.

"제 눈에 들어오는 사내는 오라버니뿐이에요. 다른 사람은 사내로 보이지도 않는걸요?"

"이런…… 그건 큰 문제구나."

녹사랑은 진심으로 걱정하는 표정으로 녹원미를 보며 말했다.

"네가 그리 생각한다니 이 오라비는 기쁘구나. 허나 시집은 가야 한다. 그리고 나는 정략혼인을 시킬 생각이 없으니 그 점은 걱정하지 말거라."

"누가 그런 걸 걱정한대요? 그냥 가기 싫을 뿐이에요. 그러니 저를 이 집에서 내보낼 생각은 하지 마세요. 여기가 좋단 말이에요."

"그래, 알았다. 그리하마. 하하하!"

녹사랑은 다시 한 번 웃었다. 녹원미의 말이 너무 사랑스럽게 들렸기 때문이다.

"저보다 오라버니가 더 걱정이군요. 얼른 장가를 가셔야 할 텐데……."

"너무 걱정하지 말거라. 조만간 갈 테니까. 후후."

이미 그의 머리에는 몇몇 여인들이 자리 잡혀 있는 상태였다.

제5장

호수의 물은 탁했다

밝은 실내에는 세 명의 면사녀가 앉아 있었는데, 그녀들의 시선은 모두 가운데 앉은 인물에게 향해 있었다.

자청운은 세 명의 여인들이 자신을 뚫어져라 쳐다보자 어색한 미소를 보였다.

"아름다운 세 분 소저께서 이렇게 저만 쳐다보시니 이거 따가워 죽을 것 같소."

"그런가요? 하지만 말과 달리 표정은 밝으시네요. 좋은 소식이라도 있는 모양이죠?"

임아령이 찻잔을 들며 묻자 자청운이 고개를 끄덕였다.

"좋은 소식이 어떤 건지는 모르지만 그래도 꽤 중요한 소식을 가지고 왔소이다."

그의 말에 세 여자의 눈이 반짝였다.

"얼마 전 공석이었던 구주성의 성주가 나타났소. 그것을 알고 있소?"

"물론이에요."

임아령은 북경을 다녀오면서 소식을 들어 알고 있었다. 구주성주가 녹사랑으로 바뀌고 오랜 집안싸움이 끝났다는 내용이었다.

"현 성주는 전대 성주의 넷째 아들로, 형제들의 싸움에서 멀어져 있던 인물이오. 어릴 때 구주성을 빠져나간 인물이었소."

"그렇군요. 흥미로운데요?"

임아령이 눈을 반짝였다. 집안싸움 이야기도 꽤나 재미있기 때문이다. 거기다 구주성의 성주 자리를 놓고 싸우는 것이라면 더욱 처절할 수밖에 없을 것이다.

"그 이야기는 나중에 하기로 하고……."

세 여인의 표정에 아쉬움이 남았다. 모두 흥미를 느끼고 있었기 때문이다.

자청운이 미소를 보이며 다시 말했다.

"그 구주성주의 측근들 중에 한빙장을 쓰는 자가

있다는 소식이 들어왔소이다. 그래서 온 것이오."

"……!"

그의 말에 임아령의 눈빛이 차갑게 변했다. 종미미는 눈을 감았고, 가내하의 주변으로 한기가 흘러나왔다.

"구주성……."

임아령이 낮은 목소리로 중얼거리며 미미하게 고개를 저었다.

"상대가 구주성이면 백옥궁의 힘으로도 힘들 것이오. 그렇지 않소?"

"물론이지요. 구주성에 몸을 의탁할 줄은 몰랐군요."

임아령은 난감한 표정을 보였다. 가장 상대하기 껄끄러운 집단이 구주성이었기 때문이다. 그저 혼자 도망쳐 지낸다면 찾아서 죽이면 그만이지만 구주성에 몸을 의탁한 상태라면 구주성을 상대해야 했다.

"구주성주의 측근이라니 구주성주인 녹사랑의 신뢰를 얻고 있을 것이오. 그는 자신이 성주가 될 때까지 목숨을 걸고 도와준 측근들을 매우 아낀다고 하오. 그러니 신중해야 할 것이오."

"어디에 있는지 알았으니 좋은 소식이군요. 허나 나쁜 소식이기도 하네요. 알아도 쉽게 만날 수 없으니 말이에요."

가내하가 담담한 목소리로 말하자 임아령은 아미를 찌푸렸다. 그녀의 말을 부정할 수 없기 때문이다. 좋으면서도 좋지 않은 소식이었다.

"그런데 아주 나쁘다고도 할 수 없소이다."

자청운이 다시 입을 열자 세 사람은 호기심 가득한 표정을 보였다.

그런 그녀들의 반응을 즐기기라도 하듯 자청운이 말을 이었다.

"구주성은 성주가 바뀌면 늘 큰 전쟁을 치렀소이다."

"그게 무슨 말인가요?"

"말 그대로 전쟁이오. 정파나 아니면 사파나…… 구주성은 성주의 확고한 자리를 다지기 위해 큰 전쟁을 한다오."

"생각이 나네요. 삼십 년 전 구주성은 사천무림을 공격했고, 그 일로 청성파가 멸문한 것으로 알아요."

"그렇소이다. 그 당시 성주가 된 지 얼마 안 되었던 구주성주는 그 전쟁으로 자신을 반대하던 세력을 정리했고, 결국 반대파가 사라짐으로써 확고한 성주의 자리를 만들어 단합할 수 있었소."

"그전에도 있었나요?"

임아령의 물음에 자청운이 고개를 끄덕이며 대답했다.

"물론이오. 백여 년 전에도 그런 일이 있었소. 그 당시 구주성의 막강한 힘에 지금의 세가맹이 탄생한 것이라오."

"아……."

임아령과 가내하는 조금 놀랍다는 눈빛을 보였다. 세가맹의 탄생에 대해서는 잘 몰랐었기 때문이다.

"지금의 성주인 녹사랑 역시 분명 전쟁을 준비할 것이오. 그게 사천이 되었든 세가맹이 되었든 반드시 움직일 테고, 녹사랑을 반대했던 세력들과 그를 돕지 못했던 세력들이 가장 먼저 움직일 것이오. 공을 세워 녹사랑의 눈에 들어야만 앞으로 구주성에서 큰 자리를 차지할 수 있을 테니 말이오."

"그렇겠군요. 반대했던 사람들은 공을 세우지 못하면 당연히 현 성주가 죽을 때까지 권력에서 뒤로 밀려나 있을 테니 말이에요."

"그렇소. 구주성주는 자신의 반대파를 철저하게 권력에서 배제할 것이고, 그들은 강호에서 활동할 수 없게 된다오. 그 점에선 구주성만큼 철저한 곳도 없소이다. 그렇기 때문에 반대파는 희생양이 되는 것을 알면서도 싸울 것이고, 중립을 지켰던 세력 역시 녹사랑의 눈에 들기 위해 싸울 것이오. 무척 치열하고 힘든 싸움이 될 것은 불을 보듯 뻔하오."

자청운의 말을 듣던 임아령이 궁금한 표정으로 물었다.

"구주성이 그렇게 움직일 거란 사실을 알면 상대쪽에서도 대비를 하겠군요?"

"그렇소. 이미 세가맹은 남궁세가주의 생일을 계기로 단합을 할 모양이오. 그 자리에 세가맹의 여러 가주들이 모인다고 하오."

"그렇군요. 그렇다면 아무리 구주성이라 해도 세가맹을 공격할 수는 없겠어요. 세가맹 역시 만만치 않은 곳이니 말이에요."

"그건 모르는 일이오. 아무리 세가맹이 단단하다고 해도…… 상대가 구주성이라면 쉽지 않을 것이오. 그리고 그리되면 우리 풍운회가 세가맹을 돕기 위해 강남으로 내려갈 것이오. 구주성의 힘은 그 정도로 막강하다오."

그 말에 세 여인은 침묵했다.

"사천이라면 세가맹과 풍운회가 사천으로 가겠군요?"

"사천이라면 좋겠지만……."

자청운은 씁쓸히 고개를 저으며 입맛을 다셨다.

"사천무림으로는 구주성의 반대 세력을 어느 정도 정리할 수도 없고 단합하기에도 무리가 있소이다. 현재 사천엔 당가만이 남아 있기 때문이오."

"그럼?"

"호남일 것이오."

"……!"

임아령은 굳은 표정을 보였다. 호남엔 세가맹의 사대세가 중 하나인 모용세가와 오랜 역사를 가진 유씨세가가 자리하고 있기 때문이다. 세가맹의 핵심인 사대세가에는 들지 못해도 악양의 유씨세가 역시 십대세가에 들 정도로 큰 곳이었다.

"정확한 것인가요?"

가내하가 묻자 자청운은 다시 한 번 미소를 보이며 말했다.

"이는 세가맹에서도 예상하고 있을 것이오. 어느 정도 머리가 있는 사람이면 모두 구주성의 다음 행보가 전쟁이고 그 상대가 세가맹이란 것을 알 테니 말이오."

"그렇다면 풍운회도 가겠군요."

"물론이오. 그때 같이 가주면 큰 힘이 될 것이오."

자청운은 아직 일어나지도 않은 일을 미리 예견한 사람처럼 부탁했다.

임아령이 당연하다는 듯 고개를 끄덕였다.
"구주성에 있다면 당연히 가야지요."
"그럼 백옥궁도 함께하는 것으로 알겠소."
"물론이에요. 그런 일이라면 적극적으로 돕겠어요."
"목적은 달라도 어차피 상대가 구주성임을 잊지 마시오."
임아령에게 다시 한 번 다짐을 받고서야 자청운은 자리에서 일어섰다.
"그럼 그리 알고 물러가겠소."
"조심해서 가세요."
그가 나가자 가내하는 심각한 눈빛으로 면사를 벗었고, 종미미는 그저 면사가 답답했는지 한숨과 함께 벗었다.
임아령은 가내하와 비슷한 표정으로 면사를 벗고는 식어버린 차를 마셨다.
탁!
찻잔을 내려놓은 그녀가 가내하를 보며 말했다.
"네 생각은 어떠니?"
"구주성에 몸을 의탁했다면 확실히…… 어렵겠군요. 만약 구주성의 사람이 되었다면 쉽게 끝날 것 같지는 않아요. 그들의 끈끈한 유대 관계는 강호에서도 유명하니 말이에요."

"그럴 거다. 구주성 내부에서는 서로 물어뜯고 해도 외부와의 문제에서만큼은 단결력이 뛰어난 곳이니 말이야."

심각한 대화가 오가는 중에도 종미미는 별생각이 없는 듯 하품을 하며 눈을 깜박였다.

졸린 듯 눈을 비비던 그녀가 자리에서 일어섰다.

"저는 먼저 가서 눈 좀 붙여야겠어요. 피곤하네요."

어차피 여기에 있어도 큰 도움이 될 사람은 아니었기에 임아령은 아미를 찌푸리며 고개를 끄덕였다.

종미미가 나가자 가내하가 입을 열었다.

"세가맹과 구주성이 싸운다면 분명 풍운회도 갈 거예요. 정파연합이 형성되겠지요. 그때 가봐야 어느 정도 정리가 될 것 같아요. 무엇보다 구주성의 정보가 너무 없어요. 그때가 되어서 어느 정도 정보를 얻게 되면 방법을 다시 강구해보기로 해요."

"그래야겠다. 우린 그냥…… 구주성이 세가맹과 싸우기를 바라야겠구나?"

"맞아요."

가내하가 고개를 끄덕였다.

* * *

상당히 넓은 집무실의 좌우로 다섯 명의 중년 남자들이 모여 앉아 있었다.

가장 상석에는 현 남궁세가의 가주이자 강호십대고수라 불리는 남궁호성이 앉아 있었다. 그는 부드러운 학사 같은 얼굴에 멋들어진 수염을 기른 인물이었으나 그 기도는 용맹한 사자와도 같았다.

그 좌측에는 모용세가주의 동생인 모용욱이 앉아 있었다. 그는 사십 대 중반의 중년인으로, 창백한 안색과 어울리는 백색 옷을 입고 있었으며 눈이 큰 것이 특징이었다.

그 바로 옆에는 제갈세가주의 동생으로 이곳에 온 제갈현이 앉아 있었다. 그는 삼십 대 중반의 미남으로, 청색 무복을 걸치고 손에는 섭선을 들고 있었다.

남궁호성의 우측에는 절강손가의 가주인 손태호가 직접 와서 앉아 있었다. 그는 반백의 중년인으로 조금 통통한 볼살에 후덕한 인상이었는데, 작은 눈을 가지고 있음에도 눈빛은 상당히 깊어 보였다.

그의 옆에는 복건의 철정유가주(鐵鋌有家主)인 유세룡이 앉아 있었다. 그 역시 사십 대 초반의 인물로 큰 키에 덩치도 좋았고 강인한 눈매가 특징이었다.

그들의 표정은 그리 밝지 않았으며, 생일이 다가온 남궁세가주 역시 밝은 표정이 아니었다. 가주들이 모두 모인 것은 아니었으나 가주 대리로 참석한 자리였기에 실제 세가맹의 중요한 회의라고 볼 수 있었다.

"구주성은 아직 아무런 움직임이 없습니다."

제갈현의 목소리에 수염을 쓰다듬던 남궁호성이 입을 열었다.

"구주성의 움직임이 없다니 오히려 더 불안하구려. 후후."

말은 그렇게 했지만 남궁호성은 가벼운 미소를 보였다.

그 모습에 손태호가 가는 눈을 반짝이며 말했다.

"아직은 움직일 시기가 아닐 것이오. 성주가 바뀌었다고는 하나 아직 성내가 안정된 것은 아니지 않소?"

"곧 안정될 것입니다."

제갈현이 나서서 대답했다.

"안정을 찾을 시기가 언제인지 그게 문제지요."

모용세가주의 동생으로, 그의 대리로 온 모용욱이 말을 덧붙였다. 이곳에 있는 누구보다 구주성과 가까이에 있는 모용세가였기에 이번 회의는 상당히 중요했다.

"안정을 찾는다고 해서 꼭 그들이 공격을 하리란 법은 없지 않소이까?"

잠자코 있던 유세룡의 반문이었다.

"세작들의 정보로는 분명하게 움직일 것이라고 합니다. 또한 후계자의 문제로 내분이 일어났을 당시 흩어졌던 구주성의 무사들이 모여들고 있습니다. 그들이 모두 성주에게 충성하는 것은 아닐 테고, 분명 반대 입장에서 싸웠던 자들도 있을 것입니다. 물이 가득 차면 넘치듯이 그들 역시 힘이 넘칠 테니 그 힘을 외부로 돌릴 것이 분명합니다."

"구주성은 외부와의 싸움을 통해 성주를 중심으로 단결하는 곳입니다. 이는 지도자로서 당연히 해야 할 일이고, 이번에도 그리할 것입니다."

모용욱의 대답에 제갈현의 말이 이어졌다. 제갈세가 역시 모용세가와 가까이 있기 때문에 그들도 구주성의 움직임을 예의 주시하고 있는 편이었다.

남궁호성도 이해하는 표정을 보였다.

"그들이 두려운 것은 아니나 그들로 인해 세가맹이 무너질 것 같아 걱정이오."

손태호의 진중한 목소리에 모두들 동의하는 표정이었다.

"그런 일은 없을 것이오. 그러니 너무 긴장할 필요

도 없고, 일어나지도 않은 일에 동요할 필요도 없소이다. 과거와 달리 우리는 지금 단단한 결속력을 가지고 있지 않소이까? 그들이 온다면 우리는 절대 가만히 있지 않을 것이며, 끝까지 싸울 것이오."

모두의 표정이 경직되었다. 허나 그들의 기도만은 강하게 일어섰다. 남궁호성의 말처럼 세가맹은 단단한 결속력을 가지고 있었기 때문이다.

"구주성이 싸움을 통해 단결한다지만 우리 역시 구주성과의 싸움으로 과거보다 더욱 단단히 단결할 것이라 생각합니다."

모용욱의 목소리가 실내에 크게 울렸다.

서재로 들어와 앉은 남궁호성은 많은 사람들로 북적거리는 대전을 빠져나온 이후여서인지 조금은 지친 기색이었다.

하루에 찾아오는 손님만 해도 수십에 달했고, 많을 때는 백여 명이 넘었다. 그런 손님들과 일일이 인사를 나누어야 했으니 지칠 만도 했다.

남궁세가의 가주로서 당연히 오는 손님들을 맞이하고 그들과 인사를 나누어야 했기에 어쩔 수 없이 앉아 있었지만 그의 성격과는 맞지 않는 일이었다. 차라리 생일이 없었으면 좋겠다는 생각도 하였다.

'그냥 조용히 무공이나 수련하면서 살 수는 없을까?'

남궁호성은 자신의 바람을 떠올리며 어서 그날이 오기를 기다렸다. 하지만 그런 날이 과연 올까? 깊은 한숨을 내쉰 그는 탁자 위에 놓인 책을 펼쳤다. 어제 보던 것으로, 조조의 일대기가 쓰인 사기였다.

사박! 사박!

서재로 향하는 발걸음 소리는 독서에 빠진 남궁호성을 깨우지 않으려는 듯 조심스러웠다. 하지만 남궁호성은 책을 덮고 고개를 들었다. 아주 작은 발소리였지만 그의 신경을 자극했기 때문이다.

문 쪽에는 이제 막 집에 돌아온 남궁령이 조금 경직된 표정으로 서 있었다.

"아버님을 뵙습니다."

남궁령의 인사에 남궁호성이 살짝 안색을 바꾸며 조금은 화난 표정을 보였다.

"이제야 왔느냐?"

"죄송합니다."

남궁령은 재빠르게 고개를 숙였다. 그의 표정이 바뀐 것을 보았기 때문이다. 이럴 때는 그저 죄송하다고 하는 게 최선이었다.

"아비가 걱정한 것은 아는 모양이구나?"

"예."

남궁령이 무사한 것을 확인한 남궁호성은 조금 안심한 표정으로 고개를 돌려 책을 바라보았다.

"가보거라."

"저기…… 아버님."

남궁호성이 고개를 들어 남궁령을 바라보자 조금 망설이던 그녀가 곧 그의 앞에 앉았다.

그런 그녀의 행동에 남궁호성은 호기심이 생겼다. 자신이 시키지도 않았는데 그녀가 의자에 앉았기 때문이다. 필시 하고 싶은 말이 있을 거라 여겨졌다.

사실 그런 날은 그리 많지 않았다. 아버지와 딸의 관계였지만 지금까지 살면서 많은 대화를 나눠본 적이 거의 없었기 때문이다.

"무슨 일이라도 있느냐?"

남궁호성이 조금 부드러운 표정으로 물었다.

분위기가 바뀐 듯하자 남궁령이 조심스럽게 입을 열기 시작했다.

"지난 며칠 동안 연락을 못 드린 건 장권호라는 사내를 만났기 때문이에요."

"……?"

장권호라는 이름에 눈을 반짝인 남궁호성은 다른 것보다 자신의 딸이 사내 때문에 며칠 동안 연락을 못했다는 것에 초점을 맞추었다.

"그게 무슨 소리냐? 설마 그 장권호라는 사내와 함께 며칠을 보냈다고 하는 것이냐?"

"아니에요!"

남궁령은 귓불까지 빨개진 얼굴로 양손을 저으며 부정했다.

"말도 안 되는 이야기 좀 하지 마세요. 저는 남궁세가의 여자예요. 저를 어떻게 보시고……. 저는 아버지의 딸이에요."

흥분한 남궁령의 모습에 남궁호성은 오랜만에 미소를 입가에 걸었다. 그리고 수염을 쓰다듬으며 정색한 표정으로 물었다.

"그럼 도대체 사내를 만났다는 이야기는 무슨 소리인 것이냐?"

남궁령이 정색하며 대답했다.

"다른 사내가 아니라 저 귀문의 문주와 자웅을 겨루었다고 알려진 장권호란 사내예요. 그 사람을 만났어요."

남궁호성은 좀 전에 남궁령의 말 속에서 자신이 놓친 것이 바로 장권호라는 이름이란 것을 깨달았다.

남궁령의 말을 듣고서야 장권호를 떠올린 그가 다시 물었다.

"그자를 만난 것이냐?"

"예."

"그자가 강남에 있는 모양이군……."

남궁호성은 눈을 반짝이며 흥미 있는 표정을 보였다. 지금 현재 강호에서 가장 유명한 이름이 있다면 바로 장권호일 것이다. 그를 모른다면 남궁세가의 가주가 아닐 터였다.

"만나보니 어떻더냐?"

"사내였어요."

남궁령은 아주 단순하게 대답했지만 그 말 속에 여러 의미의 말들이 내포되어 있다는 것을 남궁호성은 잘 알고 있었다.

"마음에 든 모양이구나?"

"그런 게 아니에요."

남궁령이 펄쩍 뛰며 손을 젓고는 말도 안 된다는 표정으로 말했다.

"저는 그냥 남궁세가에서 그 사람을 영입했으면 해서 꺼낸 말이에요. 다른 뜻은 없어요."

"하하하! 알았다, 알았어. 내 생각해보마."

남궁호성은 크게 웃으며 고개를 끄덕였다.

"너는 이제 네 어미에게 가보거라. 크게 걱정하고 있었으니 안심시켜 주어야지?"

"예, 아버님."

남궁령이 자리에서 일어나 밖으로 나갔다.

남궁호성은 그저 재미있다는 표정으로 미소를 보이며 다시 책에 시선을 던졌다.

어머니에게 인사를 하고 난 후 방으로 돌아온 남궁령은 오랜만에 목욕을 마치고 편안한 옷차림으로 휴식을 취했다.

하지만 그러한 휴식은 오래가지 않았다. 오라버니인 남궁정과 함께 손님들이 왔기 때문이다.

남궁정과 함께 온 이들은 손 가주의 손녀인 손지우와 모용휘였다. 더불어 십 대 후반의 조금 앳되게 생긴 제갈명이 함께 나타나자 남궁령은 반갑게 그들을 맞이했다.

"동생이 안 보여서 이렇게 우리가 직접 왔어."

손지우의 말에 남궁령이 미소를 보이며 말했다.

"손가에서 언니가 직접 올 줄은 몰랐네요."

남궁령은 자신만큼이나 빼어난 미모를 자랑하는 손지우를 향해 눈웃음을 보였다.

"할아버님을 직접 모시라고 해서……. 거기다 나를 시집보내려는 집안사람들의 목소리도 한몫했지. 밖에 나가 남자 한 명 건져오라는 뜻 아니겠니?"

손지우가 짧은 한숨과 함께 투덜거리듯 말하자 남궁령은 남의 일 같지 않아 고개를 끄덕였다. 자신도 이제 손지우와 같은 처지가 될 게 뻔하였기 때문이다.

"이야기를 들어보니 장권호를 만났다면서?"

호기심 어린 표정으로 묻는 손지우의 말에 남궁령은 남궁정에게 시선을 돌렸다. 그녀가 벌써 그 사실을 알고 있었기 때문이다.

남궁정은 살짝 고개를 돌리고 볼을 긁적거렸다.

"모용 형도 한 방에 나가떨어질 정도로 실력자라면서? 이야기 들었단다."

모용휘가 얼굴을 붉히며 고개를 숙였다.

"내가 못나서 그렇게 된 것이오……."

모용휘는 자신의 패배에 대해 아무런 불만이 없는 사람처럼 보였다.

손지우의 호기심 어린 눈동자에 남궁령은 심적 부담감이 커져갔다. 그녀가 관심을 가지자 조금은 경계해야 할 것 같다는 생각도 들었다.

"언니가 그자에게 그렇게 관심이 많은 줄은 몰랐네요. 사내라면 그냥 지나가는 돌로 보았잖아요?"

남궁령의 물음에 손지우가 미소를 보이며 손을 저었다.

"그게 일반적인 사내라면 그렇게 볼 수도 있지만

장권호라면 이야기가 다르지. 귀문의 문주와 비슷한 실력을 지닌 것은 이미 증명된 사실이고, 거기다 소문을 들어보니 사내답게 잘생기고 키도 크다더구나. 그런 자라면 남자로 보이지 않을까?”

손지우의 말에 남궁령의 안색이 굳어졌다.

그것을 본 손지우가 눈을 가늘게 뜨며 미소 진 얼굴로 다시 말했다.

“여자는 말이야, 강한 남자에게 끌리기 마련이야. 특히나 우리 같은 무가의 여자라면 그건 어쩔 수 없는 본능이나 마찬가지지……. 나 역시 여자라 강한 남자에게 끌리게 되어 있어.”

“그 말은 상대가 어떤 자라도 강하면 그만이란 뜻처럼 들리는군요.”

“꼭 그런 건 아니지만…… 강한 남자라면, 그것도 내 나이 또래에 귀문주와 같은 절정의 고수와 동수를 이루거나 그 이상이라면 당연히 달라 보이지 않을까?”

“언니의 말처럼 그자는 강한 것이 분명해요. 그리고 저 역시 강한 남자에게 마음이 끌리는 것도 사실이지요. 하지만 그자는 한족이 아니에요. 오랑캐지요.”

남궁령의 말에 손지우는 여유로운 표정으로 차를 마신 후 담담히 말했다.

“그게 무슨 상관이지?”

남궁령은 순간 당황해 아무 말도 못 했다.
"어차피 내가 보는 것은 그 사람의 본질이지 배경이나 출신이 아니야. 나는 녹림이나 사파의 사람이라도 강하고 나만 사랑해준다면 아무런 불만이 없어. 무엇보다 잘생기고 키까지 큰데 무슨 불만이 있겠니?"
그녀의 말에 남궁령은 깊은 한숨을 내쉬며 고개를 저었다. 도저히 자신과는 상대가 되지 않을 것 같았기 때문이다.
그때 가만히 듣고만 있던 제갈명이 입을 열었다.
"손 소저의 말에는 동의할 수가 없소."
"이건 나이도 어린 게 말은 꼭 노인네처럼 한다니까."
남궁령이 제갈명의 머리를 쓰다듬으며 말하자 제갈명이 얼굴을 붉히며 다시 말했다.
"손 소저의 말처럼 사내의 평가가 그렇다면 사내된 입장에서 너무 불공평한 것 같소이다. 거기다 사내는 겉모습이 아니라 내면을 봐야 하는 법이라오."
제갈명이 짐짓 당당하게 가슴을 펴며 말했지만 손지우의 손이 그런 그의 머리를 눌렀다.
"네가 여자를 아니?"
"애들은 그냥 조용히 앉아 있으면 된단다."
"저도 이제 성인입니다."

제갈명이 고개를 번쩍 들며 항변했다. 그러자 모용휘가 그런 그의 어깨를 감싸며 말했다.

"아우님, 그냥 우리는 조용히 앉아 있기만 해도 되는 것이라오. 강한 사내라면 두 소저의 말에 끼어들어도 상관없지만 말이오."

그 말에 제갈명이 입술을 내밀고는 조금 토라진 얼굴을 보였다.

손지우가 그런 제갈명의 머리를 쓰다듬으며 말했다.

"가서 무공이나 더 수련하세요, 제갈세가의 막내공자님."

"너무하십니다."

제갈명이 고개를 숙이며 얼굴을 붉혔다.

그 모습이 귀여웠는지 남궁령과 손지우가 함께 웃었다.

"여심이 강한 사내에게 끌린다는 말도 틀린 말은 아니지……."

남궁정이 조용히 입을 열더니 미소를 보이며 다시 말했다.

"그렇기 때문에 사내들은 강해지기 위해 노력하는 것이고 또 명성을 쌓으려는 것 아니겠소?"

"남궁 소협은 이해가 빠르시군요."

손지우가 맞는 말이라는 듯 고개를 끄덕였다.

"하지만……."

"……?"

"우리 같은 사람들에게 혼인은 개인적인 문제가 아니오. 집안의 문제이니 아무리 좋아한들…… 무슨 소용이오?"

손지우는 그 말이 어떤 의미인지 이해했다. 혼인은 집안과 집안의 일이었고, 아무리 사랑하는 사람이 있다 해도 집안을 먼저 생각해야 했다. 결국 가문의 뜻을 어길 수 없기에 정략적인 혼인만이 이루어졌다.

"그렇지요. 하지만 저는 언제라도 집안을 버릴 수 있어요."

"……!"

손지우의 말에 남궁정과 모용휘가 경직된 표정을 보였다. 남궁령도 상당히 놀란 표정이었다. 집안을 버린다는 말은 곧 자신의 모든 것을 포기한다는 뜻이었기 때문이다.

"하하하! 역시 여자는 무섭소이다. 손 소저가 이렇게 무서운 사람인 줄 정말 몰랐소이다. 은근히 그런 점이 매력 있소이다."

모용휘가 호탕하게 웃으며 말하자 손지우가 미소로 응했다.

"모용 소협이 귀문주와 싸워 이긴다면 우린 좋은

인연이 될 것이에요."

"이미 죽은 사람…… 흠……."

모용휘가 낮은 목소리로 중얼거리며 아쉬운 표정을 보였다.

"귀문주는 죽었지만 장권호는 살아 있소. 장권호와 싸워 이긴다면 어떨 것 같소?"

남궁정의 말에 손지우가 반문했다.

"누가요? 남궁 소협이요?"

"그렇소."

남궁정이 고개를 끄덕이자 손지우의 표정이 굳어졌다. 남궁령 또한 상당히 놀란 표정이었다.

"그게 무슨 뜻인가요?"

"손 소저에게 관심이 있다는 뜻이오. 내가 장권호와 싸워 이긴다면 어떨 것 같소?"

"당연히 사내로 보이겠지요. 설마…… 싸울 생각인가요?"

"물론이오. 기회가 되면 싸울 것이오. 강한 남자에게 끌리는 손 소저를 보니…… 나도 강한 남자라는 것을 보여주고 싶소."

"자신 있는 모양이군요."

손지우의 말에 남궁정은 솔직한 표정으로 고개를 저었다.

"자신은 없소. 허나…… 싸워볼 생각이오. 손 소저가 지켜본다면 당연히 싸워야 하지 않겠소?"

"기대할게요."

"만약 이긴다면 나와 만나볼 생각은 있소?"

"물론이에요."

손지우가 짧고 간략하게 대답했다. 하지만 눈빛만큼은 기이하게 반짝이고 있었다.

"그 약속, 지키시오."

손지우는 고개를 끄덕였다.

"네."

* * *

집무실에 앉아 있던 녹사랑은 고개를 들었다. 발소리와 함께 조금 작은 키의 반백의 중년인이 들어왔기 때문이다.

인상 좋은 얼굴에 통통한 볼살을 움직이며 들어온 중년인이 녹사랑에게 인사를 했다.

"대독문(大毒門)의 사대열이 성주님께 인사드립니다."

"조금 일찍 오셨구려."

녹사랑은 자리에서 일어나 다탁으로 그를 안내한 후 의자에 마주 앉았다.

사대열이 다과를 차려놓고 나가는 시비들을 보며 말했다.

"아이들이 예쁘오."

"밑에서 고르고 골라 뽑은 모양이오."

"무공 수준도 꽤나 높아 보이는 것 같소."

사대열의 칭찬에도 녹사랑은 그 말을 무시하고 자신을 찾아온 용건을 물었다.

"무슨 일로 이렇게 먼 곳까지 발걸음을 하신 것이오?"

일순 사대열의 낯빛이 바뀌었다. 대독문과 구주성은 보름 정도의 거리였기에 그리 멀다고 볼 수 없었기 때문이다. 구주성에 내분이 발생한 이후로 한 번도 모습을 보이지 않은 것을 녹사랑이 말을 돌려 탓하는 것이었다.

그것을 모를 사대열이 아니었다.

"집안에 문제가 많다 보니 외부로 나가기가 참으로 어려웠소이다. 허허."

가볍게 웃어넘기는 그를 보며 늙은 여우 같다고 생각하는 녹사랑이었다.

사대열이 다시 말을 이었다.

"들리는 소문에 모용세가나 제갈세가와 크게 싸울지도 모른다고 해서 이렇게 온 것이지요."

"그 일 때문이라면 천 원주와 이야기를 나누는 게 더 빠를 것이오. 아직까지는 그저 계획일 뿐이니 말이오."

"그렇소이까? 하지만 곧 움직일 것이라고 생각하오만?"

은근한 사대열의 물음에 녹사랑은 미미하게 고개를 끄덕였다. 그에게 알린다는 것은 곧 구주성에 소속되어 있는 수십 개의 중소방파가 알게 된다는 뜻이었다.

대독문의 문주인 사대열은 그들의 우두머리라고 볼 수 있는 인물이었다. 지금 이곳에 온 것도 다른 문파들의 대표 격인 입장에서 온 것이 분명했다.

자리에서 일어난 녹사랑은 창 쪽으로 다가가 기대섰다. 창밖을 바라보고 있는 그의 귓가에 지나가는 새들의 노랫소리가 들어왔다.

"호남은 큰 곳이오, 사 문주……."

"물론이지요."

"우리가 그곳을 차지한다면 강남무림의 절반을 차지하는 것이나 다름없소이다. 사천무림을 와해시키는 방법도 나쁘지는 않으나 지금은 좀 더 큰 세상이 필요하오."

녹사랑의 말에 사대열은 고개를 끄덕였다. 호남을 원하는 그의 마음이 전해졌기 때문이다.

"이미 결정을 하신 모양이오?"

"물론이오."

"그렇다면 이제 시기의 문제만이 남았겠소이다."

"호남을 노리는 것은 사실이나, 싸울 상대는 세가맹이오."

사대열이 굳은 표정을 보이자 녹사랑이 미소를 보이며 말을 이었다.

"세가맹과의 싸움이라…… 즐겁지 않소이까?"

하지만 경직된 사대열의 표정은 풀리지 않았다.

"즐겁다……. 즐거울지도 모르지만 그만큼 많은 피를 흘려야 할 것이오. 과연 그 싸움이 구주성에 어떠한 이득을 줄지 너무 궁금하오."

"어차피 잘 알지 않소? 그들과의 싸움은 피할 수 없는 화살이란 것을 말이오. 기다리는 것은 단 하나, 그 싸움의 구실을 만드는 일뿐이오이다. 후후."

녹사랑의 말을 들어보니 이미 확정된 일이나 마찬가지였다. 그리고 그 싸움에 자신의 대독문도 말려들 것이 뻔하였다.

내키지 않았지만 그렇다고 반대할 입장도 못 되었다. 대독문에게 모용세가는 원수나 마찬가지였기 때문이다. 오히려 대독문의 문도들은 이 싸움을 환영할 것이었다.

"사 문주는 즐겁지 않은 모양이오?"

"그럴 리가 있겠소이까? 모용세가와는 깊은 원한이 있기 때문에 나 또한 즐겁소이다……. 하지만 죽어갈 문도들을 생각하면 슬픈 것도 사실이오."

"문도들은 걱정할 필요 없소."

녹사랑의 말에 사대열은 무슨 소리인지 몰라 눈을 크게 떴다.

녹사랑이 담담한 목소리로 다시 말했다.

"이번에 피를 흘릴 사람들은 나를 내쫓았던 사람들과 나를 죽이려 했던 사람들이니 말이오."

그 말에 표정을 바꾸며 침음하는 사대열이었다.

'올 것이 온 것이로구나.'

중립을 지킨 것이 잘한 일이란 것을 다시 한 번 깨달을 수 있었다. 하지만 중립적인 입장이었기에 크게 얻는 것도 없었다. 녹사랑이 성주가 될 줄 알았다면 분명 그를 지지했을 것이고, 그랬다면 대독문의 앞날은 당분간 편했을 것이다.

"그들이 구주성을 위해 싸워준다면 더없이 좋은 일이 될 것이오."

"그럴 것이오."

사대열이 굳은 표정으로 대답했다.

"그게 궁금해서 온 것이라면 어느 정도 풀렸소?"

"그렇소이다."

"다른 궁금한 것은 없소이까? 사 문주께서 이렇게 직접 성에 오셨는데 궁금한 사항들은 모두 풀고 가야 하지 않겠소?"

그의 말에 수염을 쓰다듬던 사대열이 무언가가 생각난 듯 물었다.

"솔직히 말하자면 녹 성주에게 가장 궁금한 것이 바로 혼인 문제요. 이건 나뿐만이 아니라 구주성의 모든 사람들이 궁금해하고 있소이다. 혼인은 안 하실 생각이오?"

"혼인이라…… 이것 참, 오는 사람마다 모두 물으니 하루라도 빨리 장가를 가야겠소이다. 하하하!"

녹사랑은 크게 웃은 후 고개를 끄덕였다.

"가야지요……. 갈 겁니다. 그리고 그 문제가 바로…… 세가맹과의 싸움이 시작되는 구실이 될 것이오. 후후후."

녹사랑의 말에 사대열은 이해가 안 간다는 표정을 보였다. 하지만 녹사랑은 그저 가만히 미소만 보일 뿐이었다.

제6장

부러지는 검

남궁세가의 정문은 활짝 열려 있었다. 정문으로 오가는 사람들 중엔 일반 사람들도 많았고 이름 없는 무사들도 섞여 있었다. 그들은 남궁세가의 대연무장에 들어가 음식을 먹으며 처음 보는 사람들과도 어울려 이야기를 나누었다.

장권호가 남궁세가의 정문으로 들어간 것은 오후의 일이었다. 그의 옆에는 송과 연이 평범한 옷차림을 한 채 따라 들어오고 있었다. 그녀들의 안내로 이곳까지 올 수 있었던 것이다.

연무장 안엔 술과 음식 냄새가 진동을 하였는데, 술상들이 얼마나 많이 놓여 있는지 수를 셀 수 없을 정도였다. 그리고 그 사이마다 오가는 사람들로 북새통을 이루었다.

"저희는 다른 곳으로 갈게요."

송과 연이 사람들 사이로 사라졌다. 무슨 일이라도 있는 듯 바쁜 걸음을 옮기는 그녀들이었다.

장권호는 그저 가볍게 미소를 보인 후 빈자리를 찾았다.

'규모가 상당하군…….'

주변을 둘러볼수록 대단하다는 생각이 들었다. 연무장의 크기만 해도 족히 만 명은 들어갈 수 있을 정도로 넓었고, 그 너머로 이루어진 수많은 고루거각들의 모습은 마치 하나의 성을 보는 듯했다.

'강남 최고라더니, 역시 대단해…….'

장권호는 내심 오길 잘했다고 생각했다. 문파가 아닌 그저 남궁세가라는 집안 자체가 이 정도로 클 줄은 몰랐기 때문이다. 가족들로만 이루어진 세가가 어떻게 이렇게 크게 성장한 것인지 궁금할 수밖에 없었다.

이렇게 거대한 세가나 풍운회를 놓고 볼 때, 장백파는 너무 작고 초라해 보였다. 변방이라 부르는 이유도 알 것 같았고 세상의 중심이 중원이란 말도 거짓은 아니라 생각했다.

자리를 찾아 움직이던 장권호는 빈자리를 발견하고 그곳에 앉았다.

"반갑소이다."

"반갑소."

마주 앉은 청년이 미소를 보이며 장권호에게 인사를 건넸다. 장권호 역시 미소로 화답하자 청년이 술잔에 술을 따라주며 말했다.

"나는 송유라 하오."

이십 대 중반으로 보이는 짧은 수염의 청년이 눈웃음을 보이며 자신을 소개했다. 평범한 인상이었지만 눈빛만은 보통 사람들과 다르게 깊이가 있어 보였다.

그는 책상다리를 하고 앉은 채 다리 위에 검을 한 자루 올려놓고 있었는데, 붉은색에 황금의 기린이 그려진 검집이 조금 독특했다.

"장권호라 하오."

"장권호? 설마 요즘 유명한 그 장권호란 말이오?"

"유명한 사람은 아니라오."

장권호가 손을 저으며 말하자 송유는 그럴 줄 알았다는 듯 고개를 끄덕였다.

"하긴, 그렇게 유명한 사람이라면 절대 남궁세가에서 가만히 두지 않았겠지. 어쨌든 반갑소이다."

송유가 중얼거리며 술잔을 들었다.

"남궁세가주의 오랜 삶을 위해……. 후후."

술을 마신 후 술잔을 내려놓은 그는 시선을 계단 쪽으로 돌렸다. 장권호도 그의 시선을 따라 고개를 돌렸다. 그러자 그곳에 앉아 있는 남궁세가의 사람들과 강호 중요인사들의 모습이 눈에 들어왔다.

"아는 사람이라도 있는 모양이오?"

장권호의 물음에 송유가 당연하다는 듯 고개를 끄덕였다.

"물론이오. 아는 사람이 없다면 이렇게 오지도 않았을 것이오."

"그럼 이곳에 있지 말고 안으로 들어가면 되지 않소? 내가 알기로 이 자리엔 초대받지 못한 사람들만 앉아 있는 것으로 아는데 말이오?"

"아는 사람이 있다고는 하나 초대를 받지는 못했다오. 그렇기 때문에 그냥 이렇게 들어온 것이오."

송유는 입가에 미소를 그리며 말을 이었다.

"조금만 기다려보시오. 재미있는 일이 생길 것 같으니 말이오."

그의 시선이 연무장의 중앙으로 걸어가는 두 사람에게 향했다. 그는 그들이 누구인지 아는 것처럼 보였다.

송유를 따라 그쪽으로 시선을 향한 장권호는 그들

의 눈빛에 살기가 감돌고 있다는 것에 이상함을 느꼈다.

사람들과 담소를 나누며 음식을 먹던 남궁철은 중앙으로 걸어오는 두 사람을 발견하곤 안색을 굳혔다. 그들은 사십 대 중반의 중년인들로, 오른 가슴에 백색 수실로 용(龍) 자가 적혀 있는 흑색 무복 차림이었다.

슥!

남궁철의 주변에 앉아 있던 사람들이 자리에서 일어섰다.

곧 계단 끝에 멈춰 선 두 흑의인이 남궁철을 향해 포권했다.

"가주님을 뵙기 위해 왔소이다."

남궁철은 안색을 굳히며 차갑게 말했다.

"흑룡방에서 왜 온 것이오? 우리는 흑룡방에 사람을 보낸 적이 없소이다."

흑룡방이란 말에 연무장에 앉아 있던 많은 사람들이 자리에서 일어섰다. 흑룡방은 강남 최대의 사파 조직으로 구주성과도 연을 맺고 있으며, 현재는 해남파와 복건의 유씨세가와 싸우고 있었다.

"축하를 위해 온 것이오. 그러니 너무 그렇게 경계

하지 마시오, 철 총관."

남궁철을 잘 아는 듯 좌측의 중년인이 미소를 보였다. 그는 조금 작은 키에 허리에는 반월도 하나를 차고 있었다.

남궁철은 시선을 돌려 흑룡방 오단주인 노량을 노려보았다.

"사지에 발을 들여놓다니, 노 형도 나이가 들더니 사리 판단을 못하는 모양이오?"

"우리와 원한이 있는 사람들이 어디 한둘이오? 그것을 두려워했다면 흑룡방이 아니지 않겠소? 축하를 위해 방주님을 대신해서 온 것뿐이니 만나게 해주시오."

"가주님께선 바쁘셔서 흑룡방 사람들을 만나실 수 없소. 그러니 그냥 돌아가시오."

노량은 실망한 표정으로 고개를 끄덕였다.

"그렇다면야 그냥 가겠지만…… 이렇게 찾아온 손님을 면박만 주고 쫓으려 하다니 대남궁세가의 이름이 울겠소이다. 아니면, 우리 흑룡방이 두려운 것인가?"

노량의 말에 안색을 바꾼 남궁철이 곧 큰 소리로 말했다.

"여봐라! 술상을 내오거라!"

남궁세가의 무사들이 술상을 가지고 옆에 자리를 마련했다.

"앉아서 쉬고 계시면 가주님을 볼 수 있을 것이오."

"후후! 진즉에 그럴 것이지."

노량은 만족한 표정으로 고개를 끄덕인 후 술상 앞에 앉았다. 하지만 전과 다르게 연무장의 분위기는 무겁게 가라앉아 있었고, 고요가 맴돌았다.

송유는 그 모습을 눈에 담다 곧 장권호에게 시선을 던졌다.

"흑룡방에서 사람이 올 줄은 몰랐군. 아마…… 저 둘은 이곳에서 죽을 것이오."

"죽다니?"

"남궁세가에서 죽이지 않더라도 흑룡방과 원한이 있는 문파들이 꽤 있소. 그들이 가만히 있겠소? 절대 그냥 돌려보내지 않을 것이오."

장권호는 문득 이상하다는 생각이 들었다. 송유의 말이 사실이라면 흑룡방에서 이곳에 사람을 보낼 이유가 없기 때문이다.

"흑룡방은 어떤 곳이오?"

장권호의 물음에 송유가 눈을 크게 뜨고 장권호를 바라보았다.

"흑룡방을 모르시오?"

"잘 모르니까 묻는 것이 아니오?"

"강호에 나온 지 얼마 안 된 모양이오? 강남에서 흑룡방을 모른다니……."

"잘 모르는 것투성이라오."

송유는 미소를 보이며 술을 마시는 장권호의 모습이 마음에 드는 듯 술잔에 술을 따르며 말했다.

"흑룡방은 복건성 남단 의주에 자리를 잡고 있는데, 거긴 총단이 아닌 거점인 모양이오. 실제 총단은 무슨 섬이라는데 그것까지는 잘 모르겠소. 그러니 그들의 본거지를 공격하려 해도 쉽지가 않다 하오. 섬이라 바다를 건너야 하는데, 바다에서는 흑룡방이 최고라 해도 과언이 아니라오. 지금은 해남파와 복건의 유가가 그들과 자주 싸우는 모양이오."

"대단하군."

송유가 그 말에 동의한다는 듯 고개를 끄덕였다.

"물에서는 대단한 곳이오. 수적들과는 또 다른 놈들이니……. 지금은 수적들이 모두 소탕되어 사라졌다고 하지만 바다에는 아직 흑룡방이 있소이다. 그 규모도 상당한 모양이오."

"흑룡방에 대해 잘 아는 모양이오?"

"이 정도는 누구나 아는 사실이라오. 후후. 모르는

장 형이 이상한 것이오."

장권호를 슬쩍 바라본 송유는 문득 눈을 반짝였다.

"그런데 장 형은 좀 특이한 사람 같소?"

"무슨 말이오?"

"중원인이 아닌 것 같다는 말이오. 왠지 모르게 한족과는 다른 이질감이 느껴진단 말이오."

"한족이 아닌 것은 사실이오. 그런데 그건 송 형도 마찬가지 아니오?"

장권호의 물음에 송유는 눈을 반짝였다. 그의 말처럼 자신 역시 한족이 아니었기 때문이다.

"예리하군."

쿵!

순간 육중한 소리와 함께 남궁세가의 거대한 대문이 닫혔고 그 앞에 무사들이 늘어섰다.

연무장에 모인 사람들이 웅성거리기 시작했다.

"일이 있는 모양이군."

송유는 그럴 줄 알았다는 듯 자리에서 일어섰다. 장권호도 일어설 수밖에 없었다. 남궁세가의 무사들이 우르르 몰려나와 술상을 치우기 시작했기 때문이다.

우르르!

남궁세가의 대전에서 꽤 많은 사람들이 무리지어

걸어 나왔다.

장권호의 시선이 가장 가운데 나타난 중년인을 향했다.

"남궁가주로군."

송유가 중얼거렸다. 그 역시 가장 가운데 서 있는 중년인을 향해 뜨거운 시선을 던지고 있었다.

의자에 앉은 남궁호성은 가만히 노량에게 시선을 던졌다. 노량 역시 굳은 표정으로 자신을 바라보는 남궁호성을 쳐다보았다.

"그래, 무슨 일로 왔는가?"

남궁호성의 물음에 노량이 품에서 서찰을 하나 꺼내들었다.

그것을 본 남궁철이 옆에 서 있던 남궁정에게 눈짓하자 남궁정이 재빠르게 내려가 노량의 손에서 서찰을 받아 쥐고 올라왔다.

"방주님께서 보낸 것이오."

"별 내용은 없군."

서찰을 손에 쥐고 읽던 남궁호성이 중얼거렸다. 하지만 그의 눈빛은 상당히 흥미로운 듯 반짝이고 있었다.

"이건 선물이오."

노량이 품에서 작은 옥함을 꺼내며 말했다.

"선물은 자네의 목이 아니고?"

노량은 그 말에 안색을 굳혔다. 남궁호성의 기도가 강렬하게 다가왔기 때문이다.

"내 목을 얻으려면 꽤나 비싼 값을 치러야 할 것이오."

남궁정이 다시 내려와 노량의 손에서 옥함을 받아 쥐었다.

옥함을 건네받은 남궁호성이 그것을 열자 아이의 주먹만 한 크기로 보이는 흑진주가 밝은 빛을 발하였다.

보는 사람들의 눈이 커졌다. 엄청난 값어치의 진주라는 것을 한눈에도 알 수 있었기 때문이다.

가만히 흑진주를 바라보던 남궁호성이 옥함을 다시 남궁철에게 건네주며 말했다.

"잘 받았다고 하게."

"저는 제 할 일을 모두 했으니 이만 가보지요."

"그러게. 문을 열어라."

남궁호성의 말에 정문을 지키던 무사들이 문을 열었다.

신형을 돌린 노량은 함께 온 수하와 느긋한 걸음으로 걸어 나갔다. 좌우로 물러선 수많은 사람들이 노려보고 있었지만 오히려 입가에 미소를 걸친 채 그러한 사람들의 시선을 즐기는 듯 보였다.

그들이 나가자 남궁호성의 시선이 옆에 서 있던 유세룡에게 향했다.

유세룡은 가만히 고개를 끄덕였다. 이미 노량이 왔다는 소식을 듣고 자신과 함께 왔던 유가의 무사들을 밖에 대기시켜놓은 상태였기 때문이다.

이곳에서 싸우면 문제가 될 수 있지만 인적이 드문 곳에서 노량을 죽인다면 아무런 문제가 없었다. 이런 기회를 절대 놓치고 싶지 않은 그였다.

남궁호성이 곧 자리에서 일어서며 말했다.

"이렇게 즐거운 자리에 와주신 강호의 동도 여러분께 깊은 감사를 드리오. 잠시 불미스러운 일이 있었지만 이제부터 마음 편히 웃고 즐겨주시기 바라오."

그의 목소리는 그리 크지 않았지만 연무장에 모인 수많은 사람들의 귀에 또렷하게 들려왔다. 그의 심후한 내력을 느낄 수 있는 모습이었다.

"재미있는 구경거리가 생길 줄 알았더니……."

뭔가를 먹지 못해 아쉬워하는 어린아이처럼 중얼거린 송유는 검을 굳게 쥐더니 천천히 중앙으로 걸어나갔다.

송유가 무턱대고 연무장의 중앙으로 나와 남궁호성

을 쳐다보자 사람들의 시선이 그에게 향했다.

남궁호성은 눈앞에 나타난 젊은 청년을 흥미로운 표정으로 바라보았다.

송유가 포권하며 말했다.

"점창에서 온 송유라고 하오."

점창이란 말에 상당한 소음이 주변에서 일어났다. 남궁호성 역시 호기심 어린 표정을 보이고 있었다.

"그래, 점창파의 송 소협은 내게 무슨 볼일이라도 있는 것인가?"

"남궁가주의 생신을 축하드립니다."

송유는 당연하다는 표정으로 인사를 한 후 검을 들어 남궁호성을 가리키며 말했다.

"남궁가주께 정식으로 비무를 신청하고 싶어서 나왔소이다."

우오오!

순간 사람들에게서 큰 소리가 터져 나왔다. 남궁호성을 비롯한 그 주변의 인물들 역시 놀랍고 당황스러운 표정을 숨기지 못했다.

* * *

"미친놈."

낮은 목소리로 중얼거린 남궁정은 옆에 서 있는 모용휘에게 시선을 던졌다. 모용휘도 어이없다는 표정으로 고개를 끄덕였다.

"죽고 싶어 환장한 놈이로군요."

손지우가 낮게 중얼거렸다. 이런 자리에서 저렇게 당당하게 나온 것 자체가 미친 짓이었고, 남궁세가에게 도전하는 것은 곧 강남무림에 도전한다는 말과 같은 뜻이었다.

그런 말을 서슴지 않고 했다는 것 자체가 송유라는 인물이 정상이 아닌 것처럼 보이게 했다.

"하지만 멋은 있군요."

손지우의 중얼거림에 남궁정이 가볍게 눈을 반짝였다.

"이렇게 많은 사람들 앞에 나와 남궁가주님께 당당히 도전하겠다고 말하는 것 자체가 용기 있는 행동이니까요."

그녀의 말이 틀린 것은 아니었기에 주변에 서 있던 젊은 사람들은 불만스러운 표정을 할 뿐 특별히 다른 말은 하지 않았다.

"손 소저의 말은 틀렸소. 저건 용기가 아니라 만용이라 하오."

손지우는 갑작스러운 목소리에 놀라 고개를 돌렸

다. 그곳에 이십 대 중반으로 보이는 청의 공자가 서 있었다. 강인한 눈매와 굳게 다문 입술은 사내다움을 느끼게 해주었으며, 눈빛은 마치 타오르는 불꽃처럼 뜨거워 보였다.

그는 뒷짐을 진 채 싸늘한 시선으로 손지우를 바라보다 곧 시선을 돌렸다.

그의 뒤에는 두 명의 청년이 더 서 있었는데, 모두 상당히 강한 기도를 내뿜는 인물들이었다.

"오셨습니까, 형님."

남궁정의 인사에도 그의 형인 남궁명은 그저 고개만 끄덕였다.

"형님을 뵙습니다."

제갈명 역시 자신을 바라보는 이십 대 중반의 청년을 향해 고개를 숙였다. 그의 형인 제갈수였다.

그리고 그 옆에는 손지우에게 미소를 던지는 손원이 서 있었다.

그들의 등장에 다른 젊은 무인들이 뒤로 물러섰다. 그들이 바로 현 강호에서 젊은 세대를 이끌어가는 존재들이었기 때문이다.

모두 무(武)의 천재라고 불리는, 각 세가들의 자존심이자 자랑인 인물들이었다.

"오랜만이군."

손원이 손지우에게 다가와 말하자 손지우는 슬쩍 시선을 피했다.

"오라버니도 잘 지낸 모양이네요."

"화났어?"

"아니에요. 남궁 소협의 말이 지나친 것 같아 그런 것뿐이에요."

남궁명이 그 말에 슬쩍 시선을 던지며 말했다.

"만용인지 아닌지는 두고 보면 알 것이오."

손지우가 아미를 찌푸리자 손원이 그런 그녀의 어깨를 다독이며 말했다.

"솔직히 내가 볼 때도 만용 같다. 후후."

손지우는 딱히 부정하지 않았다. 오라버니인 손원은 강호에서도 알아주는 고수였기 때문이다. 남궁명 역시 마찬가지였기에 그의 말을 크게 부정할 수 없었다.

실력이 있는 사람이 그런 말을 한다면 그냥 이해해야 했다.

"송유라…… 점창파의 차기 장문인으로 불리는 그자인가?"

"아마 그럴 것이네."

제갈수가 고개를 끄덕이며 말했다.

남궁명은 반짝이는 시선으로 자신의 집에 들어와

무모한 도전을 던진 송유를 노려보다 문득 생각난 표정으로 남궁정에게 시선을 던졌다.

"정아."

"예, 형님."

"네가 나가 보거라."

일순 남궁정의 안색이 바뀌었다. 설마 자신에게 직접적으로 나가라는 말을 할 줄은 몰랐기 때문이다.

자신을 향해 뜨거운 시선을 보내고 있는 많은 사람들을 둘러본 송유는 그들의 시선에 아랑곳없이 남궁호성에게 다시 시선을 던졌다.

"점창파의 이름으로 남궁세가주와 정식으로 비무하고 싶소."

"자네는 아직 가주님과 손을 겨룰 자격이 없네."

남궁철의 목소리에 송유가 어이없다는 듯 그를 바라보았다.

"내가 자격이 있고 없고는 당신이 아닌 가주께서 결정할 문제요."

"이런 건방진……."

남궁철이 그 말에 어깨를 떨며 주먹을 쥐었다. 송유의 도발적인 말에 분노한 것이다. 하지만 노련한 이답게 곧 정색하며 말했다.

"자네처럼 무작정 도전하는 사람들의 비무를 모두 받아준다면 평생 비무만 하다 생을 마감할 것이네. 하루에도 몇 명씩 남궁세가의 대문을 두드리고 비무를 청하는 자들이 있네. 그들을 일일이 상대할 수 없다는 것은 자네도 알 게 아닌가? 그러니 수순을 밟게나."

"어떤 수순을 말하는 것이오? 이렇게 많은 구경꾼들이 있는데도 수순이 필요한 것이오? 아니면 남궁세가가 겨우 나 같은 삼류 무인의 비무도 받아주지 못할 만큼 못난 것이오? 남궁세가의 명성도 헛것이었군."

송유가 혀를 차며 고개를 젓자 남궁정이 화난 표정으로 바닥을 차고 그의 앞에 나타났다.

"건방진 놈이로군."

"누구시오?"

"남궁정이라 하오."

남궁정의 등장에 사람들의 환호성이 이어졌다.

그가 모습을 보인 것만으로 삽시간에 좌중이 뜨거운 용광로처럼 타오르자 송유는 만족한 표정을 보였다. 익히 들어본 이름이었기 때문이다.

"흠……."

남궁호성은 살짝 미간을 찌푸렸다. 남궁정이 앞서 나섰기 때문이다. 물론 그것이 남궁명의 명령이란 것을 그는 모르고 있었다.

"아직 어려서 그런 것이니 이해하십시오."

옆에 서 있던 남궁철이 그 마음을 이해하고 조용히 속삭였다.

"조용히 끝날 문제를……. 쯧!"

남궁호성은 고개를 저었다. 남궁정이 나서지 않았다면 조용히 말로 끝날 문제였고, 오늘 같은 날에는 그렇게 하는 것이 좋았다.

그렇다고 찾아온 도전을 뿌리칠 생각도 없었다. 어차피 비무를 하게 될 거라면 최대한 조용히 하는 것이 좋았다. 이렇게 많은 사람들 앞에서 하는 것보다 그것이 더 이득이기 때문이다.

하지만 사건의 전말을 알고 있는 남궁령은 아미를 찌푸리며 남궁명을 노려보았다.

그녀의 뜨거운 시선에 남궁명이 미소를 보였다.

"정 오라버니가 지기라도 한다면 어쩌려고 그러셨어요?"

"지면 망신이지. 후후."

오히려 지기를 바라는 사람처럼 말하자 남궁령은 어이없다는 듯 남궁명을 쳐다보았다. 마치 같은 형제가 아닌 것처럼 행동하는 그였기 때문이다. 남궁명의 그런 면이 남궁령은 가끔 싫게 느껴졌다.

남궁명은 팔짱을 끼며 그런 그녀의 시선을 피했다.

남궁정과 송유의 기도가 강하게 서로에게 얽히자 자연스럽게 사람들이 뒤로 물러섰고, 연무장의 중앙은 공터화 되었다.

"점창파의 무공이 날카롭다지만 과연 강남까지 벨 수 있겠소?"

"그건 경험해보고 말하시오."

스릉!

남궁정이 먼저 검을 뽑아 쥐자 송유 역시 붉은 기린검을 눈앞에 들고 검을 뽑았다. 곧 강렬한 광채가 사방으로 뿌려졌다.

"흡……!"

남궁정은 날카로운 검의 예기에 놀란 표정을 보였다.

"저놈이 가지고 있었군."

제갈수가 낮게 중얼거렸다.

그 말의 뜻을 알아들은 남궁명과 손원이 눈을 반짝이며 송유를 노려보았다.

그들의 말로 볼 때, 그들은 이미 송유를 알고 있는

듯 보였다.

"조심하시오."

송유가 검을 늘어뜨리며 낮게 말했다.

그의 목소리에 실린 자신감과 강한 기도에 남궁정은 굳은 표정을 보였다. 상상 이상으로 송유의 기도가 강했기 때문이다.

슥!

먼저 나선 것은 송유였다.

송유의 신형이 앞으로 나서더니 그의 검이 사선으로 빠르게 남궁정의 몸을 베었다.

'휭!' 소리와 함께 강렬한 빛이 번뜩이자 남궁정은 깜짝 놀라 옆으로 몸을 틀었다.

팍!

단지 검이 스쳤을 뿐인데 바닥의 돌이 잘리고 강렬한 먼지가 사방으로 피어나갔다. 그에 놀란 표정을 보이는 남궁정이었으나 찰나일 뿐, 번개처럼 삼검을 송유의 양어깨와 목으로 찔렀다.

쉬쉬쉭!

바람처럼 일어나는 그의 검 그림자에 송유는 가볍게 몸을 틀어 검을 막았다.

'따당!' 거리는 금속음과 함께 마지막 삼검이 막히자 남궁정은 기다렸다는 듯 손목을 틀어 송유의 목을 베었다.

휭!

검빛이 강렬하게 일어나 송유의 목을 잘라갔지만 송유는 가볍게 남궁정의 검을 쳐냈다.

땅!

"……!"

강렬한 금속음과 함께 남궁정의 검이 조각나 허공을 날았다. 그 모습에 놀란 남궁정은 눈만 크게 떴다. 송유의 검이 가차 없이 그의 머리를 잘라갔다.

"저런!"

"헉!"

송유의 움직임에 놀란 사람들이 눈을 크게 떴다. 남궁정 또한 놀란 듯 날아드는 검빛을 바라보았다.

그 순간 그의 눈앞에 사람의 그림자가 흔들거렸다.

딱!

검과 검이 부딪쳤는데 마치 목검끼리 부딪치는 소리가 울렸다. 강한 내력을 바탕에 둔 사람이 아니면 낼 수 없는 소리였다.

"손원이네. 오랜만이군."

"훗!"

손원의 얼굴을 알아본 송유가 짙은 살기를 보이며 뒤로 물러서자 손원도 검을 거두었다.

남궁정은 부러진 자신의 검을 들고 신형을 돌렸다. 검이 부러진 상태에서 더 이상 상대와 싸울 이유가 없었다.

자신의 패배나 마찬가지였기에 기분 나쁜 듯 잔뜩 얼굴을 찌푸린 채 걸음을 옮기던 그는 남궁호성과 눈이 마주치자 잠시 멈춰 섰다.

미미하게 고개를 끄덕이는 남궁호성을 본 남궁정은 고개를 숙이곤 자리를 떠났다.

그의 뒤로 남궁령이 따라나섰다.

송유는 검을 거두고 뒤로 물러나며 말했다.

"나는 손가에 비무를 청한 것이 아니라 남궁가주님께 비무를 청했네. 그러니 상관없는 자네는 빠지게나."

"남궁세가와 우리 손가는 가족과도 같은 관계네. 그러니 내가 나선다 해서 문제가 될 일은 없을 것이네."

손원의 말에 송유는 미간을 찌푸렸다. 그의 시선이 남궁호성을 향하다 어느새 그의 옆에 자리를 차지하고 서 있는 남궁명에게 가 멈추었다.

남궁명과 시선이 마주치자 송유의 표정이 굳어졌다.

"훗!"

송유는 미소를 보인 후 손원에게 다시 시선을 던졌다.

"점창파의 일은 기억하고 있겠지?"

"물론이네. 그때 자네가 없어서 아쉽더군."

송유는 그 말에 강한 살기를 보였다. 얼마 전 점창파에 찾아온 손님들이 점창파의 자존심을 망가뜨렸기 때문이다.

점창파와 그들의 일이 강호에 알려지진 않았지만 점창파의 장로들과 제자들이 상당수 부상을 당하고 죽었다. 그 일 때문에 송유가 강호에 나온 것이다.

손원이 큰 소리로 다시 말했다.

"점창파의 자존심이라 불리는 송 형과 비무를 할 수 있게 되어서 영광이오."

그의 목소리가 울리자 많은 사람들이 송유를 다시 바라보았다.

송유는 긴장하며 검을 늘어뜨렸다. 남궁정과 다르게 손원은 후기지수들 중에서도 정말 강한 고수였다.

"손 형의 실력도 궁금했소이다."

송유가 그 말과 함께 번개처럼 튀어나왔다. 순간 빛이 일어났고, 그의 기린검이 강렬한 신광과 함께 세 개의 검 그림자를 만들었다.

손원은 그의 검 그림자 사이로 다섯 개의 검 그림

자를 더 만들어 넣었다. 금속음이 일어나고 불꽃이 튀었으며, 손원의 신형이 송유의 목을 자르기 위해 날았다.

쉬릭!

옷자락이 펄럭이는 소리와 함께 송유는 재빠르게 허리를 활처럼 뒤로 꺾으며 손원의 검을 피했다. 그렇지 않고서는 도저히 피할 수 없을 만큼 빨랐기 때문이다.

그 순간 송유의 눈에 땅에 내려선 손원이 머리를 잘라오는 일검이 보였다.

송유가 재빠르게 허리를 들어 올리곤 신형을 돌려 그것을 막았다.

따당!

두 번의 금속음. 그 어려운 자세에서 두 번이나 검기를 발출한 손원의 모습에 송유는 놀랄 수밖에 없었다.

"역시 대단하군."

손원은 자신의 검을 막은 송유의 안정적인 자세와 침착함에 고개를 끄덕였다. 웬만한 고수라 해도 당황할 만한 일검이었기 때문이다. 하지만 송유는 당황하지 않고 오히려 강한 기도를 내뿜고 있었다.

쉭!

송유의 신형이 번개처럼 손원을 향해 나아갔고, 그의 검 또한 뱀처럼 휘어져 나아갔다.

그 모습에 놀란 손원은 내력을 끌어올리며 가볍게 삼 장 높이로 뛰어올랐다.

파팟!

손원의 자리에 나타난 송유가 고개를 들었다. 위로 올라가는 순간 피할 곳이 없기 때문에 당연히 손원이 불리했다.

하지만 송유는 공격하지 않았다. 손원이 신형을 돌리더니 십여 개의 검빛과 함께 마치 번갯불처럼 떨어져 내렸기 때문이다.

번쩍!

쾅!

강렬한 폭음과 함께 송유의 자리에서 흙먼지와 깨어진 청석돌들이 사방으로 튀었다. 송유는 어느새 오 장이나 떨어진 곳에 서 있었고, 먼지구름 사이를 뚫고 손원이 앞으로 나아갔다.

"전광검법(電光劍法)!"

좀 전에 보여준 손원의 일격에 사람들이 놀라 외쳤다.

"도검천황 임 선배의 검법이로군. 번갯불이 보이는 것을 보아하니 칠성까지 익힌 모양이오. 저 나이에

칠성의 전광검법이라니…… 정말 대단하오."

유세룡이 놀란 표정으로 손원의 할아버지인 손태호에게 말하자 흡족한 표정으로 수염을 쓰다듬던 손태호가 손을 저으며 말했다.

"과분한 칭찬이오. 아직 멀었소이다."

쾅!

폭음과 함께 손원과 송유의 신형이 떨어졌다.

송유는 자신의 기린검이 크게 흔들리자 안색을 굳힌 채 손원을 바라보았다. 손원 역시 자신이 들고 있는 검 여기저기에 이가 빠져 있자 인상을 찌푸리며 검을 옆에다 던졌다.

땅!

검이 바닥에 떨어지며 금속음이 일어났다.

손원이 손지우를 향해 손을 뻗었다.

"검."

"예, 오라버니."

손지우가 재빨리 자신이 쥐고 있던 검을 던져주자 그것을 받아 쥔 손원이 검을 뽑았다.

스릉!

맑은 검명과 함께 백색의 검신이 모습을 보였다. 손원의 검보다 손지우의 검이 더 명검처럼 보였다. 손원보다 실력이 떨어지는 그녀였기에 무기라도 더 좋은 것을 가지고 있었던 것이다.

하지만 기린검에 비해서는 한참이나 떨어지는 검이었다. 물론 손원의 검보다는 오래 버틸 테지만 말이다.

"송 형의 검은 정말 좋은 모양이오. 내 검이 견디지를 못하니 말이오."

손원의 말은 실력이 아닌 무기의 성능 때문에 이기지 못한다는 것처럼 들렸다. 당연히 송유의 기분이 나쁠 수밖에 없었다.

"아무리 검이 좋다 해도 실력이 좋으면 무기도 소용이 없더이다."

송유가 자신의 실력을 비하하듯 말하자 경직된 표정을 보였던 손원이 다시 부드러운 미소를 담고는 한 발 나섰다.

일순 그의 검에서 뇌전 같은 기운이 맴돌다 사라졌다.

"어디 한번 실력을 시험해봅시다."

손원의 전신으로 강렬한 투기가 맴돌았다. 송유 역시 강한 투기를 발산한 채 손원을 노려보았다. 그러던 어느 순간, 두 사람의 신형이 서로를 향해 빠르게 접근했다.

쉬악!

송유의 검이 자신의 허리를 베어가자 손원이 가볍게 뛰어오르며 그의 머리를 잘랐고, 송유의 검 또한 그런 손원의 검을 막기 위해 올라갔다.

쩡!

내력이 터지는 듯한 강렬한 폭음이 일어났다. 하지만 손원과 송유는 물러서지 않고 인상만 찌푸린 채 검을 교환하였다.

쩌정!

검과 검이 요란하게 얽히며 강렬한 섬광을 만들어 내었다. 섬광은 손원의 검에서 피어났고, 송유는 그런 그의 검을 막으며 조금씩 뒤로 물러서기 시작했다. 전광검법과 손원의 강한 내력 때문이었다.

하지만 언제까지 물러설 수는 없었다.

쩡!

강한 부딪침 후 일 장 가까이 물러선 송유는 기다렸다는 듯이 물러설 때보다 빠르게 앞으로 나아갔다. 그의 신형이 삽시간에 여러 개로 보였으며, 수십 개의 검 그림자가 뱀이 돌진하는 것처럼 날아들었다.

점창파가 자랑하는 사일검법이었다.

"핫!"

손원은 수십 개의 뱀 그림자가 먹이를 노리듯 날아들자 커다란 기합성과 함께 사방으로 강렬한 번갯불을 뿌렸다.

번개와 뱀이 만나는 순간 손원과 송유의 신형이 사라졌다 나타났다.

따다당!

"큭!"

금속음과 함께 뒤로 밀려나간 송유는 양손으로 검을 잡은 채 어깨를 떨었고, 손원은 굳은 표정으로 검을 늘어뜨렸다. 그런 그의 검날은 금방이라도 조각나 깨질 것처럼 금이 가 있었다.

"대단하군."

손원은 자신의 전광검법에서 절초로 사용하는 분광섬멸(分光殲滅)을 막은 송유를 바라보며 중얼거렸다.

아무리 송유의 사일검법이 대단하다고 해도 전광검법의 파괴력을 이길 수는 없었다. 그의 검이 조각나지 않고 견디는 것은 그 검이 명검이기 때문이다.

기린검이 아니었다면 송유는 벌써 무기를 잃었을 것이다. 더더욱 기린검이 탐나는 손원이었다.

"핫!"

손원의 신형이 마치 환영처럼 두 개로 늘어났다.

"이형환위?"

송유가 놀라 눈을 크게 뜨는 순간, 두 개의 그림자가 서로 다른 자세로 머리와 다리를 베어왔다.

송유는 제자리에서 십여 번의 발걸음을 옮기며 환영을 만듦과 동시에 몸을 피했다.

파팟!

손원의 검이 송유의 환영들을 베며 하나로 합쳐졌고, 송유는 삼 장이나 옆으로 물러선 상태로 검을 늘어뜨렸다.

"허억! 허억!"

송유의 호흡이 거칠어지기 시작하자 손원은 이마에서 흐르는 땀을 소매로 훔치며 미소를 보였다.

"실력은 좋으나…… 검뿐이로군."

"휴우……."

깊게 한 번 호흡해 안정적인 호흡을 찾은 송유가 검을 앞으로 뻗으며 말했다.

"전광검법이 강호의 일절이라더니 정말 대단한 것 같소."

슥!

검과 하나가 된 것처럼 송유의 신형이 사라지더니 검신만이 빛이 되어 날아갔다.

손원은 절대 피할 생각이 없는 듯 오히려 내력을 끌어 올려 번개처럼 튀어나갔다. 그 순간 그의 전신으로 강렬한 번갯불이 번뜩였다.

쾅!

파파팟!

사방으로 조각나버린 검 조각이 비산하자 구경하던 사람들은 검 조각을 피해 몸을 움직였다.

팍!

청석 바닥에 비수처럼 꽂힌 검신 조각들이 햇살을 받으며 반짝였다.

"헉!"

손원과 송유에게 시선을 던진 사람들은 손원의 등 뒤로 튀어나온 기린검의 모습에 매우 놀란 듯 눈을 크게 떴다.

"놀랍군."

송유가 자신의 배에 박힌 손원의 손을 바라보며 말하자 손원은 자신의 겨드랑이 사이에 박힌 기린검을 놓지 않은 채 미소를 보였다.

"자네의 실력도 대단하네."

손원이 뒤로 한 발 물러섬과 동시에 송유의 신형이 흔들렸다.

"우엑!"

피를 한 번 토한 송유가 뒤로 물러섰다. 그의 가슴에는 조각난 검신 조각이 두 개 박혀 있었고, 다리와 어깨에도 하나씩 박혀 있었다.

손원은 손잡이만 남은 자신의 검을 들어서 보다 바

닥에 던졌다. 본래라면 송유의 복부에 박혀 있어야 했지만 더 이상 송유의 검력과 자신의 내력을 견디지 못하고 조각난 것이다. 결국 송유의 복부를 손잡이로 가격하는 모습이 되었다.

하지만 그것만으로도 송유는 더 이상 비무를 할 수 없을 것이다.

"쿨럭! 쿨럭!"

검붉은 피를 몇 번 토한 송유가 검에 의지한 채 비틀거리다 바닥에 한쪽 무릎을 굽혔다. 흔들리는 그의 시선이 남궁호성과 남궁명을 향하고 있었다.

손원이 곧 남궁세가의 무사에게서 검을 받아 쥐고는 말했다.

"점창의 검이라더니, 그건 자네가 아니라 자네의 손에 쥐어진 그 검을 말하는 모양이군. 절대 부러지지 않으니 말이야."

슥!

손원의 신형이 재빠르게 송유의 앞에 나타났다.

송유는 그런 손원을 향해 비릿한 조소를 던졌다.

"나를 죽이려는 것인가?"

"물론. 자네는 죽을죄를 지었거든."

손원이 검을 들어 올리자 모두들 긴장한 듯 장내에 정적만이 맴돌았다.

"그만."

검으로 송유의 목을 자르려던 손원은 낮고 강렬한 목소리에 동작을 멈추었다. 그리고 고개를 돌려 목소리의 주인공인 남궁호성을 바라보았다.

"손님을 안으로 모시고 의원을 데려와라. 내 생일에 피를 보는 일은 없었으면 한다."

그의 말에 손원이 뒤로 물러섰다.

곧 남궁세가의 무사들이 나타나 송유를 데리고 사라졌다.

제7장

지키는 자

서재로 들어온 남궁호성은 의자에 앉아 어제 읽다가 만 책을 펼쳐들었다. 시비들이 다가와 다과상을 차려놓고 나가자 주변 공기가 조용히 가라앉았다.

그러한 분위기를 즐기는 듯 남궁호성의 안색은 평온하게 변하였고, 지금 이 시간을 즐기는 것처럼 보였다.

하지만 평화를 즐기던 남궁호성의 시간은 그리 길게 가지 못하였다.

"아버님."

남궁명이 서재로 들어와 남궁호성을 불렀다. 그는 화가 난 표정이었다. 아니, 화가 나 있었다.

"아버님."

남궁호성은 고개를 들어 재차 자신을 부르는 남궁명의 얼굴을 바라보았다 다시 시선을 책으로 던졌다. 남궁명이 화가 나 있든 말든 크게 관심이 없어 보였다.

"말해라."

남궁호성의 짧은 말에 남궁명이 정색을 하며 말했다.

"그자를 왜 살려두신 겁니까?"

남궁명은 송유를 치료해준다는 것 자체가 마음에 들지 않는 모양이었다. 하지만 남궁호성은 대답하지 않았다. 아니, 대답할 필요조차 없는 물음이라는 듯 그의 표정은 변화가 없었다.

"앉거라."

남궁호성의 말에 남궁명이 마음을 가라앉히고 의자에 앉았다.

탁!

책을 덮은 남궁호성은 남궁명에게 시선을 던졌다.

"내가 그자의 목숨을 살려준 것이 그렇게 화가 나는 일이더냐?"

"예, 아버님. 그자는 아버님과 우리 남궁세가에 치욕을 준 자입니다. 아버님의 생신인 걸 알면서 도전해온 자이옵니다. 그런 자를 그냥 살려둔다면 필시 강호의 사람들이 저희 남궁세가를 우습게 여길 것입니다."

"그래? 네가 볼 때는 그러하더냐?"

"그렇습니다. 그자를 죽여 남궁세가에 도전한 자가 어떤 최후를 보게 되는지 강호 사람들에게 알려야 합니다."

남궁명은 당연하다는 듯 그의 죽음을 말했다.

그런 남궁명을 잠시 바라보던 남궁호성이 다시 입을 열었다.

"당 태종이었던 이세민은 어느 날 중신들을 모아놓고 질문을 했다."

"예?"

뜬금없이 이세민의 이야기를 하자 남궁명은 그게 무슨 말인지 알아듣지 못하였다.

"나라를 만드는 것과 다스리는 것 중에 어떤 것이 더 힘든지 말이다. 네가 볼 때 어떤 게 더 힘든 것처럼 보이느냐?"

남궁호성의 물음에 남궁명은 일순간 대답을 못하고 망설였다.

"무엇이 더 힘들다 볼 수 있을까?"

"저는 나라를 만드는 일이 더 어려운 일처럼 보입

니다."

"이유는?"

"나라를 만든다는 것은 그 시대가 혼란하다는 증거이고, 혼란한 시기에는 영웅 또한 많이 등장합니다. 그런 영웅들을 모두 이기고 나라를 만드는 것은 결코 쉬울 것 같지 않습니다."

"그렇다면 나라를 다스리는 일은 어렵지 않을 것 같으냐?"

"아닙니다. 그것 또한 어렵습니다. 하지만 나라를 만들어야 나라를 다스릴 수 있습니다. 그러니 나라를 만드는 것이 더 어렵다고 대답한 것입니다."

"네 말이 틀린 것은 아니다. 나라를 만드는 것도 어렵고 나라를 다스리는 일 또한 어렵다. 결국 정답은 둘 다라고 볼 수 있다."

"예……."

남궁명은 이해한다는 표정으로 고개를 끄덕였다.

남궁호성이 다시 말을 이었다.

"이세민이 물었을 때, 중신들은 나라를 만드는 것도 어렵고 나라를 다스리는 것도 어렵다 했다. 결국 이세민은 나라를 만드는 일은 이미 지난 일이고, 어려웠던 것도 알고 있다 하였다. 그리고 이제부터는 나라를 다스리는 일에 전력을 다하자고 말하였지. 그게 무슨 뜻인지 아느냐?"

"잘 모르겠습니다."

"중신들에게 나라를 잘 다스리겠다는 확고한 의지와 자신의 결의를 보여준 것이다. 나도 마찬가지다. 우리 남궁세가는 이제 강호를 다스려야 하는 입장에 놓여 있다. 강남에서 우리만큼 유명한 곳과 위대한 곳이 어디에 있더냐? 오직 남궁세가뿐이다. 그런데 그런 남궁세가에 모욕을 준 자를 우리가 살려주고 치료해주었다면 강호의 동도들이 어떻게 생각할 것 같으냐?"

"그건……."

"우리를 우습게 볼까? 감히 우리를 우습게 보는 강호의 사람들이 있을까? 없을 것이다. 오히려 우리의 배려와 관용을 칭송할 것이다."

남궁명은 그 말에 아무 대답도 못하고 고개를 숙였다.

남궁호성이 그런 남궁명의 어깨를 만지며 낮은 목소리로 말했다.

"또다시 이런 일로 내 독서를 방해하는 일이 있다면, 아무리 네가 내 아들이라 해도 용서하지 않을 것이다."

낮고 부드러운 목소리였지만 남궁명은 자신도 모르

게 어깨를 떨며 등줄기로 식은땀을 흘려야 했다.

"이만 가보겠습니다."

"그래."

남궁명이 빠른 걸음으로 물러갔다.

그가 나가는 모습을 물끄러미 보던 남궁호성은 고개를 저은 후 다시 책에 시선을 던졌다.

밖으로 나온 남궁명은 대기하고 서 있던 제갈수와 손원을 만났다.

"어떻게 되었어?"

손원이 궁금한 표정으로 묻자 남궁명은 고개를 저었다. 전신이 땀에 젖은 그의 모습에 제갈수가 담담히 말했다.

"물을 필요도 없지. 네 모습을 보아하니 크게 혼이 난 모양이야?"

"뭐, 그렇지."

남궁명은 자신의 모습에 씁쓸한 미소를 보인 후 소매로 이마의 땀을 훔쳤다. 그리고 크게 호흡을 가다듬고는 손원과 제갈수에게 말했다.

"내 방으로 가지."

"술이라도 줄 건가?"

"물론."

당연하다는 듯한 남궁명의 대답에 두 사람은 그의 뒤를 따라 걸음을 옮겼다.

* * *

특별한 인연이 있었던 것도 아니었다. 그냥 잠시 마주 앉아 술 한잔 나눈 것밖에 안 되는 아주 작고 사소한 인연이었다. 그런데 장권호는 송유가 누워 있는 방 안에 앉아 있었다.

걱정된다기보다 그토록 무모했던 이유가 궁금했을지도 모른다.

송유가 눈을 뜬 것은 해가 떨어지고 어둠이 내려앉아 있을 때였다. 눈을 뜬 송유는 자신의 옆에 앉아 있는 장권호를 발견하곤 놀란 표정을 보였다.

"장 형이 웬일인가?"

"친구라 하니 그냥 들여보내주더군."

"친구라……."

가만히 중얼거리며 고개를 끄덕인 송유는 상체를 일으켜 앉다 살짝 인상을 찌푸렸다. 온몸에서 전해져 오는 고통 때문이었다.

"상당히 아프군."

투덜거리듯 중얼거린 송유가 인상을 폈다.

"재미있는 구경거리라도 만들려고 했는데 실패하고 말았네."

"어디서 그런 용기가 나온 것인가? 이곳에서 남궁세가주에게 덤빈다는 것은 죽음과도 같은 짓일 터인데?"

장권호의 물음에도 송유는 고개를 돌려 뭔가를 찾기 시작했다.

"자네의 검은 베개 밑에다가 두었지."

곧 베개 밑에서 자신의 기린검을 찾아 손에 쥔 송유가 고개를 끄덕였다. 검을 보자 마음의 안정을 찾은 듯 평온한 표정이었다.

"몇 달 전에 점창파에 일단의 무리들이 찾아왔지. 모두 중원에서 온 사람들이었는데, 무사수행 중이라며 비무를 요청하더군. 그 무리들과 비무를 한 점창파는 참담하게 패했네."

"그런 일이 있었군."

장권호는 그 말에 흥미롭다는 표정을 보였다.

"모두 중원의 젊은 후기지수들이었는데…… 본 파의 장로들까지 패한 모양이야. 대단한 놈들이지……. 알고 보니 중원에서도 이름 높은 세가맹의 자식들이었네."

송유가 차갑게 표정을 바꾸며 다시 말했다.

"본 파는 그 일로 인해 당분간 문을 닫기로 하였네. 그 소문은 이미 운남을 벗어나 중원으로 오고 있겠지……. 점창파가 중원의 후기지수들조차 무시할 정도로 초라하게 변하였다고 말일세. 후후."

송유는 길게 한숨을 내쉬었다.

"그런데 이렇게 중원에 나온 나조차도 그들을 이기지 못하였네. 우리가 우물 안의 개구리였다는 것을 뼈저리게 느꼈지. 이렇게 중원은 발전하는데 도대체 나는 무엇을 하고 있었는지, 겨우 검에 나 자신을 의지하다니……. 쯧!"

송유는 혀를 차며 자신의 초라함을 탓했다. 그리고는 힘들게 자리에서 일어서려 했다.

"가야겠네. 이곳에 더 있어봤자 내 속만 썩을 것 같으니……."

"점창으로 갈 건가?"

"그래야지."

당연하다는 표정으로 고개를 끄덕인 송유는 힘들게 자리에서 일어났다.

그 모습에 장권호가 눈살을 찌푸리며 말했다.

"아무리 그래도 다 나으면 떠나게."

"아니, 남궁세가의 밥을 먹는 것조차 내겐 큰 굴욕이네."

확고한 송유의 목소리에 짧은 숨을 내쉰 장권호는 자리에서 일어나 송유를 부축했다.

"요 앞 성까지는 같이 가겠네. 그곳에서 방을 잡고 며칠 쉬게나."

그 말까지 무시할 순 없었는지 송유는 선선히 고개를 끄덕였다. 사실 남궁세가가 아니라면 아무 곳에서나 쉬고 싶었다.

*　　　*　　　*

모용세가로 향하는 대로에는 백여 필의 말들이 달리고 있었고, 그 위에는 백의를 입은 무사들이 타고 있었다. 그들은 모두 허리에 검을 차고 있었으며, 눈동자에는 신광이 어려 있었다. 한눈에 보아도 범상치 않은 무리들이었다.

그 뒤로 비단과 커다란 철궤가 실린 수레들이 따랐다.

모용세가의 대문은 활짝 열려 있었고, 거대한 연무장의 좌우로 천여 명에 달하는 모용세가의 무사들이 도열한 채 정문 앞에 멈춰 선 백의 문사를 노려보았다.

백의 문사는 정문에 도착하자 말에서 내려 천천히

걸음을 옮겼다.

저벅! 저벅!

가벼운 발걸음 소리가 청석 바닥을 타고 울렸다.

곧 그의 걸음은 연무장의 끝에 멈췄고, 그는 대전 앞을 바라보았다.

대전 앞에는 십여 명의 중장년인들이 굳은 표정으로 서 있었는데, 그중 가장 중앙에 서 있는 중년인이 차갑게 번들거리는 눈동자로 청년을 노려보았다.

"구주성 태정원의 원주 천연성이 모용세가의 사람들께 인사드리오."

천연성은 포권하며 가볍게 고개를 숙였다. 하지만 누구도 그런 그의 행동에 호응하지 않았다. 상대가 다른 곳도 아닌 구주성에서 온 자였기 때문이다.

"구주성에서 왜 온 것인가?"

모용세가의 현 가주인 모용형이 짧은 수염을 쓸어내리며 물었다.

"저희 성주님께서 모용세가에 친히 선물을 보내셨습니다."

천연성이 신형을 돌려 정문에 서 있는 수레들을 손짓하자 십여 대의 수레가 연무장에 들어와 그의 뒤에 늘어섰다.

일꾼들은 수레를 내려놓고 빠른 걸음으로 나갔다.

그들이 놓고 간 비단과 철궤들을 둘러본 모용형의 안색이 굳어졌다.

철궤 쪽으로 걸음을 옮긴 천연성이 곧 그것을 열었다.

덜컹!

큰 소리와 함께 열린 철궤 안에서 황금빛이 찬란하게 빛났다.

"헉!"

"이런……."

모용세가의 사람들이 웅성거리는 소리가 연무장에 울렸다.

"저희 성주님께서 보내신 선물입니다. 얼마나 많은 양인지 저도 중간에 세다가 포기했지요."

천연성은 미소를 보인 후 소매에서 서찰을 하나 꺼내 모용형의 앞에 내밀었다.

"성주님께서 직접 모용가주님께 전하라 하신 서찰입니다."

모용형이 천연성과 가장 가까이에 있는 무사에게 시선을 던지자 곧 그 무사가 천연성의 손에서 서찰을 받아 쥐곤 모용형의 앞에 내밀었다.

모용형은 재빨리 서찰을 읽어 내려갔다.

모용세가주께.

구주성의 성주인 나 녹사랑은 오래전부터 호남의 모용화가 강남제일의 미인이란 소리를 듣고 있었소.

오래전부터 그녀를 흠모했던 본인은 모용세가의 모용화와 혼인을 맺고 싶소이다. 지금 보낸 것은 예의를 다한 선물이오.

모용 소저를 정말 행복하게 해줄 자신이 있소이다. 그러니 내 제안을 신중히 검토해주시기 바라오.

또한 모용세가와 구주성이 혈연관계가 된다면 강남무림엔 평화가 올 것이오.

구주성주 녹사랑

"이런!"

화르륵!

화가 난 모용형은 자신도 모르게 삼매진화로 손안에서 서찰을 불태워버렸다.

그의 손에 불꽃이 일어나자 사람들의 표정이 굳어지며 여기저기서 신음성이 흘러나왔다. 이렇게 불같이 화를 내는 모용형의 모습은 모두 처음 보았기 때문이다.

"감히, 구주성이…… 모용가를 핍박하는가?"

모용형이 싸늘한 살기를 보이며 말했지만 천연성은 담담한 표정으로 미소를 보일 뿐이었다.

"제 할 일은 다 했으니 이만 가보겠소이다."

자신의 물음에 대답도 안 하고 천연성이 신형을 돌리자 모용형이 어깨를 떨며 다시 말했다.

"진심으로 내 딸과 구주성주가 백년가약을 맺을 거라 생각하느냐?"

모용형의 말에 주변 사람들이 경악한 표정을 보였고, 무사들도 동요하기 시작했다.

걸음을 옮기던 천연성이 그제야 신형을 돌려 모용형을 바라보았다.

"저는 성주님의 뜻에 따를 뿐입니다."

천연성은 당연하다는 듯 대답한 후 빠른 걸음으로 모용세가의 정문을 빠져나갔다.

그 모습을 멍하니 바라본 모용형은 미간을 찌푸린 채 눈을 감았다. 도저히 믿을 수 없는 통보였고, 받아들이기 힘든 내용의 서찰이었다.

"이 일을 어찌해야 한단 말인가……."

모용형은 깊은 한숨을 내쉬었다.

모용세가에는 꽃이 하나 피어 있다고 하는데, 그게 강남의 명안낙화(明眼落花) 모용화였다. 그녀를 보면 눈이 번쩍 뜨이고 꽃은 부끄러워 꽃잎을 떨군다는 명성이 자자했다.

강남에서 제일 유명한 여인이자 가장 아름답다고 알려진 그녀는 모용세가에서 나오는 일이 거의 없었다.

그런데도 그녀의 미모가 알려진 것은 모용세가에 사람들이 워낙 많이 오가기 때문이다. 우연히 그녀의 모습을 본 그들로 인해 강호에 소문이 퍼졌고, 많은 사내들이 그녀에게 청혼을 해왔지만 지금까지 모두 거절한 그녀였다.

그중에서도 가장 유명한 사람이 있다면 바로 남궁세가의 남궁명일 것이다. 남궁명은 오 년 전 그녀에게 청혼을 했는데, 아직 어린 나이였던 모용화는 집을 떠날 수 없다며 거절을 했다.

이제 스무 살이 된 그녀였지만 여전히 후원에 자리한 자신의 방에서 칩거하듯 움직이지 않았다.

백의를 입은 그녀는 긴 생머리를 길게 늘어뜨린 채 의자에 앉아 자수를 놓고 있었다. 소나무의 잎을 녹빛으로 그리던 중 시비가 들어오자 그녀의 토끼 같은 눈동자가 반짝였다.

"가주님이 오셨습니다."

"아버님이?"

"예."

그녀는 자리에서 일어나 옷매를 다듬었다.

시비가 나가고 얼마 지나지 않아 모용형이 침중한 표정으로 들어왔다.

"아버님을 뵙습니다."

"앉거라."

자리에 앉은 그녀는 모용형의 표정이 밝지 못하자 살짝 아미를 찌푸렸다.

"무슨 근심이라도 있으세요?"

"아니다, 아니야. 그냥 네 얼굴 좀 보려고 왔을 뿐이다."

모용형은 그렇게 말한 후 모용화의 얼굴을 가만히 바라보았다. 그 시선에 모용화가 살짝 고개를 숙이자 모용형이 그녀의 어깨를 쓰다듬으며 말했다.

"네 어미가 생각나서 말이다."

모용화는 고개를 들지 않았다. 그녀의 어머니는 오 년 전 이미 세상을 떠났기 때문이다.

모용형은 그렇게 모용화를 바라보다 자리에서 일어섰다.

"이만 가보마."

"벌써 가시게요? 아직 차가 식지 않았어요."

"아니다. 네 얼굴 봤으니 이만 가야지. 쉬거라."

"예……."

모용화는 자리에서 일어나 나가는 모용형의 뒷모습을 바라보았다. 오늘따라 유난히 그의 안색이 좋지 않은 듯 보였다.

'근심이라도 있으신가……?'

모용화의 방에서 나온 모용형은 문밖에 사람들이 서 있자 낮게 말했다.

"당분간 화아가 모르게 해주시게."

"예."

모용형의 뜻을 이해한 사람들이 대답하자 모용형은 고개를 끄덕인 후 자신의 서재로 향했다.

* * *

두두두!

창밖으로 거리를 보던 장권호는 급한 말발굽 소리와 함께 지나가는 모용세가의 사람들을 바라보았다. 급한 일이라도 생긴 듯 그들은 상당히 상기된 표정이었다.

"소란스럽군?"

전과 달리 많이 좋아진 듯 송유가 밝은 안색으로 물었다.

"모용세가의 사람들이 지나갔네."

"모용세가가 남궁세가를 떠난 건가?"

"그러네."

장권호의 대답에 송유는 침상에서 일어나 차를 마셨다.

"나도 이제 떠날 때가 된 듯하네."

그는 기린검을 챙겨 어깨에 메었다.

"몸이 아직 완치되지 않았네."

장권호가 걱정스러운 듯 말하자 송유가 걱정하지 말라는 듯 양손을 이리저리 움직여 보이며 대답했다.

"걱정하지 말게나. 움직이는 데 아무런 문제도 없으니 말일세."

"내상도 아직 완치되지 않았네."

"천천히 점창으로 가면서 완치하면 되네. 한가할 때 점창에 한번 놀러오게나. 백족의 예쁜 아가씨들을 소개시켜주겠네. 하하하!"

농담 섞인 송유의 말에 장권호는 고개를 끄덕였다.

"꼭 가야겠군그래. 후후, 잘 가게나."

"자네도 잘 있게."

송유는 미소를 보인 후 밖으로 나갔다.

혼자 남은 장권호는 창을 통해 저 멀리 흐릿하게 보이는 남궁세가의 모습을 눈에 담았다.

남궁명은 어이가 없다는 듯 창밖의 허공만을 응시하고 있었다. 그런 그의 옆에는 손원과 제갈수가 앉아 있었는데, 그들 역시 침중한 표정으로 생각에 빠져 있었다.

"휘아는 간 모양이지?"

침묵을 깬 건 손원이었다.

그의 물음에 제갈수가 고개를 끄덕이며 입을 열었다.

"그래도 황당하군. 감히 구주성 따위가 모용 소저에게 청혼을 하다니 말이야. 이 일을 어찌 처리해야 할지……."

제갈수는 생각만 해도 머리가 아프다는 표정으로 인상을 찌푸렸다.

"어른들이 알아서 처리하시겠지……."

"이는 분명 구주성의 선전포고네."

"선전포고?"

제갈수의 말에 손원이 의문스러운 시선을 던졌고, 남궁명 또한 눈을 반짝였다.

"모용세가가 거절하면 어떻게 될 것 같은가?"

"아, 그렇군."

손원은 그제야 이해가 간다는 표정을 보이며 고개를 끄덕였다.

"거절하면 자존심이 상한 구주성이 절대 가만히 있지 않겠지. 구주성주의 청혼을 거절했는데 가만히 있을 리가 있겠나?"

"절대 가만히 있지 않을 것이네. 그리고 구주성도 잘 알 거야, 그 혼사가 절대로 이루어질 수 없단 것을 말이네."

"불가능한 일이란 없는 것이네."

낮은 목소리로 말한 남궁명은 입술을 깨물었다. 자신이 오래전부터 마음속에 담아두었던 여인이 모용화였다.

한데 그런 그녀가 녹사랑 같은 파락호에게 시집을 가게 될지도 모른다는 생각이 들자 평정심을 유지하기가 힘들었다.

남궁명의 방에 손원과 제갈수가 모여 있다면 남궁정의 방에는 남궁령과 손지우, 그리고 제갈명이 앉아 있었다. 그들도 이번 구주성주의 청혼에 대한 소문을 듣고 상당히 놀란 듯 보였다.

"구주성주가 미친 모양이지? 모용세가와 혈연을 맺

으려 하다니 말이야."

남궁령이 화가 난다는 표정으로 말하자 손지우가 고개를 저었다.

"나쁜 수는 아니야. 구주성주의 입장에서는 손해 보는 장사가 아니란 말이지."

"무슨 소리요?"

남궁정의 물음에 손지우가 담담한 표정으로 말했다.

"구주성주의 입장에서 볼 때 거절하면 세가맹과 전쟁을 할 수 있는 명분을 얻게 되겠지요. 하지만 모용세가가 허락하면 화아를 가지게 된다는 말이에요. 그에게는 손해 볼 이유가 없어요."

"모용세가가 낭패겠군. 거절해도 문제고 거절 안 해도 문제니……."

"이미 구주성의 일만 무사들이 호남성 남단 비봉산(飛鳳山) 인근에 모여 있다 하네요."

그녀의 말에 모두들 놀란 표정을 보였다. 비봉산이면 보름 안에 모용세가까지 갈 수 있는 거리였다.

"일만이나……."

남궁령은 일만이란 숫자에 상당히 놀란 듯 경직된 표정을 보였다. 모용세가와 제갈세가의 무사들이 모두 모인다 해도 일만에는 미치지 못할 것으로 보였다. 그만큼 많은 숫자였고, 상상하기도 힘든 인원이었다.

"제대로 한번 붙어보자는 것이군."

남궁정이 날카로운 표정으로 눈을 반짝였다.

"저희도 조만간 떠나야 할지도 모르겠네요."

손지우가 중얼거리며 침중한 표정을 보였다. 그녀의 말처럼 구주성이 그토록 가까이에 접근했다면 다른 세가들 역시 무사들을 보내 모용세가를 도와야 했다.

"손 소저가 볼 때 앞으로 어떻게 될 것 같소?"

"무엇이 말인가요?"

"모용 소저가 시집을 갈 것처럼 보이오?"

그의 물음에 손지우는 천천히 고개를 저었다.

"그렇지 않아요. 화아가 구주성에 시집을 가게 된다면…… 모용세가의 명예는 땅에 떨어져요. 사파에 시집을 보냈다는 이유로 사람들이 수군거릴 것이고 모용세가주는 평생 후회하겠지요. 그리고 현 모용세가의 가주께선 자신이 죽는다 해도 딸을 내어줄 인물이 아니에요. 그건 모용세가의 모든 무사들도 같은 생각일 거예요. 그러니 우리는 출발할 준비나 해야지요."

남궁정은 미미하게 고개를 끄덕였다. 일리 있는 그

녀의 말을 듣자 조만간 자신도 모용세가로 가야 할 것처럼 느껴졌다.

"이번 회의가 끝나면 할아버님은 분명 손가의 무사들을 남궁세가로 보내라 하겠지요. 그들이 도착하면 남궁세가와 저희 손가는 모용세가로 갈 것이니 남궁소협도 준비를 하세요. 그리고 본격적으로 구주성과 전쟁이 일어나면 강북의 풍운회가 강남을 넘어오고 곽가문을 비롯한 장가문과 산동악가에서도 무사들이 내려올 것이에요."

"무림맹이 형성될 것 같소."

남궁정의 중얼거림에 손지우가 눈을 반짝였다.

"그건 구주성이 어떻게 하느냐에 달렸어요. 싸움이 길어지면 자연스럽게 무림맹이 생겨날 것이고, 전 강호가 단합하겠지요. 하지만 구주성도 바보가 아닌 이상 그런 것을 바랄까요? 절대 그런 일은 없을 거라 생각해요."

그녀의 말에 모두들 고개를 끄덕였다.

* * *

한적한 대로를 걷던 송유는 잠시 걸음을 멈추었다. 저 멀리 대로의 중앙에 방립을 눌러쓴 흑의인이 한

명 서 있었기 때문이다. 그는 마치 송유를 기다리는 사람처럼 보였다.

굳은 표정으로 천천히 걸음을 옮기자 가까이 다가 갈수록 방립인의 기도가 강해지는 것이 느껴졌다.

오 장의 거리를 두고 멈춰 선 송유가 검의 손잡이를 잡으며 입을 열었다.

"내게 볼일이 있소?"

방립인은 그 말에 팔짱을 풀더니 허리에 찬 검의 손잡이를 잡았다.

"한참을 기다렸소."

그 말과 동시에 방립인이 고개를 들어 송유를 쳐다보았다.

그의 얼굴을 본 송유는 자신과 비슷한 또래라는 것을 알 수 있었다.

"나는 풍비라 하오."

"이름치고는 조금 이상하군."

슥!

"다들 그렇게 말하곤 하오."

방립을 벗어 옆에 던진 풍비가 검을 뽑아 들었다.

스릉!

그의 검이 뜨거운 햇살에 반사되어 번뜩이며 강한 살기가 송유의 전신을 감싸기 시작했다.

송유 역시 기린검을 뽑아 손에 쥐고는 살기를 드리웠다.

"누가 당신을 보낸 것이오?"

"내 의지로 왔소. 솔직히 말하면 그 검, 그 검이 탐나서 말이오."

풍비가 솔직하게 눈을 반짝이며 송유의 검을 노려보았다.

"검을 탐내다 죽을지도 모르오."

"사람은 죽여보았소?"

"……?"

송유의 표정이 굳어졌다. 풍비는 그런 그의 얼굴을 한 번 보더니 코웃음을 흘리며 말했다.

"사람도 죽여보지 못한 놈이 그런 검을 손에 쥐고 있다라……. 하긴, 사람을 죽였다면 그토록 쉽게 손원에게 패하지도 않았겠지만. 후후."

"음……."

송유는 침음을 삼키며 내력을 끌어 올렸다. 그 순간 풍비의 신형이 바람처럼 대로를 가로질러 송유의 목을 찔렀다.

핏!

그의 신형이 점으로 변하여 사라지자 놀란 송유가 신형을 틀며 십여 개의 검기를 사방으로 뿌렸다.

파팟!

검기가 공기를 가르고 지났다.

송유의 신형 뒤에 모습을 드러낸 풍비는 좌측으로 움직인 그의 빠른 대응에 의외라는 듯 눈을 크게 떴다.

"생각보다 빠르군."

"핫!"

기합성과 함께 송유가 망설이지 않고 풍비의 머리를 향해 날아들었다. 그의 신형이 십여 개로 늘어나더니 빛줄기가 번뜩였다. 빛은 사선을 그렸고, 풍비는 막을 생각이 없는 듯 발을 움직여 피했다.

쉬쉭!

그의 귓가로 검기가 지나치는 소리가 따갑게 들렸다.

핏!

볼에 붉은 선이 그려졌음에도 풍비는 표정 하나 바꾸지 않고 발을 움직였다. 검을 들어 막을 수도 있었지만 막는 순간 자신의 검이 부러질 터였다.

쉭!

마지막 하나의 검기가 사선으로 휘어 가슴을 찔러오자 풍비는 재빠르게 신형을 돌렸다. '핏!' 소리와 함께 그의 신형이 사라졌다.

송유가 풍비의 모습을 찾기 위해 고개를 돌린 순간, 그의 미간 사이로 풍비의 검이 날아들었다.

쉭!

송유는 재빨리 자신의 검을 들어 올렸다. 그때 풍비의 신형이 둘로 쪼개지는 것이 보였다. 이형환위를 펼친 극에 달한 보법이었다.

그러한 모습에 놀란 송유가 뒤로 물러섰다.

파팟!

그가 있던 자리로 십여 개의 검기가 지나쳐가며 핏방울이 바닥에 떨어졌다.

"훗!"

풍비는 자신의 검 끝에 붉은 피가 묻어 있자 만족한 표정으로 송유를 바라보았다.

십여 장이나 물러선 송유는 왼손으로 가슴을 잡은 채 인상을 찡그렸다. 왼 가슴에서 오른 가슴까지 길게 베인 상처에서 피가 흘러나오고 있었다.

"돌풍화산(突風火山)이란 초식이오."

그의 말에 송유가 입술을 깨물었다.

"점창의 사일검법이 대단하다 들었는데 보아하니 아직 오성도 깨우치지 못한 모양이오?"

풍비는 망설이지 않고 송유에게 다가가며 말했다.

"내가 부족하여 사일검법을 제대로 익히지 못한 것

이 한이 되겠구나."

"그럴 것이오."

핏!

송유의 말이 끝나는 순간 풍비가 점으로 변하였다. 처음 그가 보여준 극쾌의 초식이 분명했다.

송유는 재빨리 십여 개의 검기를 뿌리며 물러섰다. 그리고 어느새 그것을 피한 풍비의 모습이 눈에 잡히자 신형을 바로 하며 검을 들었다.

그 순간 눈에 보이던 풍비가 흐릿하게 변하더니 이내 사라졌다. 그것이 잔상이란 것을 확인한 송유가 재빨리 신형을 돌려 번개처럼 일검을 찔러갔지만 그는 검을 다 찌르지 못한 채 눈을 부릅뜨고 자신을 노려보는 풍비의 얼굴을 코앞에서 봐야 했다.

"……!"

풍비의 왼손이 송유의 오른 손목을 잡았고, 동시에 그의 오른손에 들린 검이 송유의 명치를 찔렀다.

퍽!

"헉!"

눈을 부릅뜬 송유에게 풍비가 낮은 목소리로 속삭였다.

"자네 같은 삼류 무사에게 어울리는 검이 아니야. 이건 내가 잘 쓰도록 하지."

말을 끝낸 풍비는 송유의 손에서 검을 빼어들고 그의 복부에 박힌 자신의 검을 그냥 놓았다.

털썩!

송유가 허공을 향해 손을 뻗은 채 쓰러졌다.

"허억! 허억!"

송유는 거친 숨소리를 흘리며 하늘을 올려다보았다. 하지만 눈에 보이는 것은 아무것도 없었다. 그저 온몸에서 힘이 빠져나가는 느낌만 들 뿐이었다. 죽음이 다가온다는 것을 본능적으로 느낄 수 있었다.

"억울하군……."

송유가 낮은 목소리로 중얼거렸다.

그때 송유의 옆에 어느새 방립을 찾아 쓴 풍비가 쭈그리고 앉았다.

"이런, 내가 실수를 했어. 고통을 주면 안 된다는 것을 내 깜빡했지 뭔가. 용서하게나."

슥!

자리에서 일어난 풍비가 송유가 쓰던 기린검을 들어 올렸다.

"자네가 쓰던 검으로 편안한 안식을 주겠네. 내 작은 배려일세."

스윽!

기린검이 마치 물에 들어가는 것처럼 손쉽게 송유

의 이마에 들어갔다. 그 느낌에 놀란 풍비가 눈을 반짝이며 검을 뽑아들고는 어깨를 떨었다. 자신도 모르게 느낀 쾌감 때문이었다. 송유가 쓰던 기린검이 사람의 뼈조차도 물 베듯 할 정도로 좋은 검인 줄은 몰랐던 것이다.

"하하하!"

풍비가 크게 웃으며 모습을 감추었다.

*　　*　　*

남궁세가주의 생일잔치가 끝난 지 이틀이 지나자 남궁세가의 문도 닫혔고, 남궁세가를 찾았던 수많은 사람들도 원래의 자리로 돌아갔다.

불과 며칠 전만 하더라도 북적거리던 거리가 한산하게 변한 것을 본 장권호는 약간의 이질감을 느꼈다. 남궁세가를 찾았던 손님이 모두 빠져나가면서 거리도 한산해진 것이다.

장권호는 그런 거리를 지나 남궁세가로 향하는 대로를 천천히 걸어갔다. 며칠 전과는 달리 오가는 사람들도 드물었고 무림인의 모습도 찾기 힘들었다. 하지만 남궁세가에 가까워지자 그 커다란 대문과 경비를 서는 무사들의 뜨거운 시선이 남궁세가의 존재감을 일깨워주었다.

"멈추시오."

남궁세가의 무사들이 일제히 검의 손잡이를 잡으며 강한 경계심을 보였다.

장권호는 일단 걸음을 멈추었다.

"어디의 누구인지 소속을 밝히시오."

"장권호라 하오."

"장권호?"

장권호라는 이름에 경비무사들의 표정이 굳어졌다.

"당신이 강북에서 이름 높은 그 장권호 본인이오?"

"그런 것 같소."

조장으로 보이는 자가 고개를 끄덕이며 장권호의 모습을 살폈다. 아무리 그가 유명한 인물이라 해도 함부로 문을 열어줄 수는 없었기 때문이다. 또한 그가 정말 그 장권호인지 파악해야 했다.

곧 조장이 다시 입을 열었다.

"이곳에 방문하는 목적은 무엇이오?"

"남궁세가의 명성을 눈으로 확인하기 위함이오."

장권호는 망설이지 않고 대답했다.

장권호의 기도가 진중하고 무겁게 바뀌자 조장도 안색을 바꾸었다.

"강호에서 명성 높은 사람의 이름을 사칭하는 자들

이 많소이다. 그런 자들 때문에 본의 아니게 피해를 입는 경우도 있소. 당신이 정말 장 대협인지 확인할 수 있게 증거를 대주시오."

"증거라…… 재미있군. 내가 그 본인인데 증거랄 게 있나?"

장권호는 미소를 보이며 담담한 목소리로 대답했다.

그 모습에 잠시 짧은 숨을 내쉰 조장은 곧 옆에 서 있는 수하에게 말했다.

"일단 안에 보고하게나."

"예."

수하가 안으로 들어가자 조장이 장권호를 향해 시선을 던졌다. 남들보다 조금 큰 키에 단단한 체격과 강인해 보이는 얼굴이 무림인이란 것을 말해주고 있었지만 고수라는 생각은 들지 않았다. 그가 너무 젊어 보였기 때문이다.

"당신이 장 대협인지 아닌지는 내가 결정할 문제가 아닌 것 같소. 하지만 당신이 장 대협을 사칭한 것이라면…… 무사히 나오지는 못할 것이오."

조장의 말에 장권호는 미소를 보였다.

곧 안에서 달려 나온 경비무사가 장권호를 안내하라는 명령을 전하였고, 장권호는 천천히 남궁세가의 문을 넘어 안으로 들어갔다.

너무 조용하고 정적만이 흐르는 대연무장의 모습은 전과 다른 괴리감을 주었다.

잠시 그렇게 멈춰 서서 남궁세가의 모습을 눈에 담던 장권호는 앞서 걷는 무사의 뒤를 따라 다시 걷기 시작했다.

제8장

끝없는 공부

손님들을 모시는 연죽원(蓮竹院)으로 향하는 남궁철은 조금 난감한 표정이었다. 갑작스러운 무인의 방문 때문이었다. 평범한 무인이라면 밥 한 끼 먹이고 돌려보내면 그만인데 평범한 무인이 아니라는 게 문제였다.

더욱이 남궁세가와는 아무런 연이 없는 인물이었다.

그런 인물이 갑작스럽게 방문하는 이유는 몇 없었다. 남궁세가에서 오랫동안 살아온 남궁철은 그런 인물들이 원하는 것이 돈이라는 것을 잘 알고 있었다.

물론 남궁세가와의 비무라는 또 다른 이유도 있었다. 비무를 통해 명성을 얻기 위한 자들이 어디 한둘일까? 그런 사람들 중에 명성이 높은 자들은 종종 남궁세가를 찾아와 비무를 청하였다.

물론 쉽게 비무를 하지는 않았다. 그리고 비무 뒤에는 늘 돈이 들어갔다.

더욱이 상대는 장권호였다. 일반적인 무인도 아니었고 절정에 달한 강호의 명숙도 아니었다. 허나 귀문의 문주와 대등하게 겨룬 인물이란 점이 문제였다.

그토록 대단한 무인의 방문은 남궁세가에 큰 즐거움이 아닐 수 없지만 반대로 비무를 청한다면 큰 문젯거리가 되고 만다. 아무 뜻 없이 그저 지나는 길에 잠시 들렀다면 그게 가장 최고의 방문이었다.

남궁세가의 명성을 듣고 방문해서 즐겁게 지내다 나가주는 게 상책이었다.

'강남으로 내려왔다는 소식은 들었는데…….'

남궁철은 연죽원의 문을 넘기 전 잠시 걸음을 멈추고 가볍게 미소를 보이는 연습을 한두 번 하였다. 그리곤 느긋하게 연죽원의 안으로 들어갔다.

안에서 기다리던 장권호는 남궁철이 모습을 보이자 자리에서 일어났다.

"장권호라 하오."

"남궁세가의 총관을 맡고 있는 남궁철이라 하외다. 앉으시지요."

남궁철은 자리에 앉는 장권호를 따라 앉으며 그의 모습을 살폈다.

"장 소협께서 강남으로 오셨다는 소식은 들었소이다."

"우연히 지나다 들른 것이오. 남궁세가의 명성이 천하에 울리다 보니…… 호기심이 생겼소이다. 이렇게 무작정 방문하여 결례가 된 건 아닌지 모르겠소."

장권호가 예의를 갖추어 말했다.

그의 인상이 나빠 보이지 않자 남궁철이 처음과 다르게 부드러운 표정으로 말했다.

"이렇게 와주신 것만 해도 남궁세가의 입장에서 볼 땐 영광이지요. 명성 높은 장 소협을 꼭 한 번 뵙고 싶었소이다."

"과찬이오. 그렇게 명성이 높은 사람도 아니고."

"무슨 말씀을 그리하시오. 귀문주가 평범한 무인이었소? 그자는 강북 최고의 무인 중 한 사람이 분명하오. 그런 자를 상대한 장 소협의 무위는 실로 대단하다고 볼 수 있소."

"얼굴에 금칠을 하는 것 같소이다."

장권호가 미소를 보이며 차를 마셨다.

"아무튼 잘 오셨소. 남궁세가에 머무는 동안 불편함 없이 잘 지낼 수 있게 손을 쓰겠소. 그러니 있을 만큼 있어도 좋소이다. 하하하."

남궁철은 이왕이면 평생 있으라는 말을 하고 싶었으나 애써 참아 넘겼다.

"배려에 감사하오."

장권호의 인사에 남궁철이 뭔가가 생각난 듯 말했다.

"강북의 장권호는 검은 검과 도를 들고 있다 하던데, 그게 그 무기인 것이오?"

"그렇소."

스릉!

장권호가 검과 도를 슬쩍 보여주었다. 그 묵빛에 남궁철은 고개를 끄덕였다. 확실하게 장권호라는 것을 인지한 것이다.

"그럼 방을 안내하지요."

"감사하오."

자리에서 일어난 남궁철은 자신이 직접 장권호가 쉴 별채까지 안내를 하였다.

연죽원을 나와 별채로 가는 동안 두 사람은 이런저런 강호의 이야기를 하였다. 그렇게 장권호가 머물 미정원(美政院)에 도착하자 기다렸다는 듯 세 명의 시비가 장권호를 맞이하며 방을 안내해주었다.

내실에 앉은 남궁철과 장권호는 차를 마시며 다시 담소를 이어갔다. 남궁철은 사소한 이야기를 통해 장권호의 성격을 파악하려 했고, 장권호는 그저 남궁세가의 모습들을 눈에 담고자 했다.

"강남은 처음인 모양이오?"

"강호에 나온 지 얼마 안 돼 아직 세상을 다 모른다오. 강남에 와본 후에야 세상이 정말 넓다는 것을 다시 한 번 알게 되었소."

장권호는 마치 초출인 것처럼 대답했다.

남궁철은 장권호가 강호에 나온 지 얼마 안 된 무공만 높은 고수라는 생각을 하게 되었지만 그렇다고 그를 무시하지는 않았다.

'귀문의 정문을 당당하게 걸어 들어가 귀문주를 꺾고 걸어 나온 인물이다. 강호에 나온 지 얼마 안 되었다고는 하나…… 무시할 수 없지.'

남궁철은 과거 장권호의 이야기를 들었을 때 그 대담함에 혀를 내둘렀다. 자신이라면 절대 그렇게 못할 것 같았기 때문이다. 그만큼 무공에 자신이 있기에 가능한 일이라는 생각이 들었다.

"세상이 넓은 거야…… 당연한 것이 아니오? 그 넓은 천하에서 자신의 이름을 갖게 된다는 게 어디 쉬운 일이오? 장 소협은 이미 자신의 이름을 갖게 되었으니 천하를 다 가보지 않았어도 그 이름은 이미 천하를 다 갔을 것이오."

"무적명(無敵名)…… 만리행(萬里行)이라…… 그 이

름처럼 말이오?"

장권호가 갑자기 무적명을 말하자 남궁철은 조금 놀란 표정을 보였다. 하지만 별 뜻 없다는 듯 웃음을 보이며 고개를 끄덕였다.

"그분이야 워낙에 유명해서 갓난아이도 알고 있다 하지요. 내가 볼 때 장 소협의 무명 역시 그에 못지않을 것이오."

남궁철이 자신 있다는 듯 말하자 장권호는 미소를 보였다. 아부처럼 보일 수도 있는 말이었지만 그렇게 느껴지지 않았다. 솔직해 보이는 표정 때문에 그런 것일까? 남궁세가의 총관이란 자리에 정말 잘 어울리는 인물이란 생각이 들었다.

차를 마시던 남궁철은 문득 생각난 듯 말했다.

"요즘 강남이 시끄러운 편이라오. 본의 아니게 나쁜 일에 말려들지도 모르겠소이다."

"무슨 문제라도 있는 것이오?"

장권호가 호기심을 보이자 살짝 눈을 반짝인 남궁철이 수염을 쓰다듬으며 본래의 모습으로 말했다.

"얼마 전 구주성에서 모용세가에 청혼을 한 모양이오. 모용세가주의 딸 중에 아름답기로 소문난 '화' 소저가 있다오. 소문은 들어보았소?"

"명안낙화……. 소문은 들었소이다."

"구주성주가 모용 소저를 자신의 처로 삼고 싶다 한 모양이오. 그 일 때문에 모용세가를 비롯한 강남 무림 전체가 시끄럽소이다."

"구주성주가 호색한 놈이로군."

장권호가 농담처럼 중얼거렸지만 남궁철은 근심스러운 표정이었다.

"구주성주의 청을 모용세가가 받아들일 것 같소? 절대 그런 일은 없을 것이오. 그러니 조만간 구주성과 모용세가가 크게 싸울 것 같소이다. 구주성주는 자신의 청혼을 거절한 모용세가를 용서하지 않을 것이오."

장권호는 그 말에 눈살을 찌푸렸다. 전혀 생각지도 못한 말들을 들었기 때문이다.

"구주성과 세가맹이 싸우는 것이오?"

"그렇소이다."

"음……."

좋지 못한 시기에 왔다는 생각이 들었다. 이곳에서 쉬다 보면 당연히 밥값을 해야 할 테고 남궁세가에서 자신에게 도움을 청하면 거절하기 어려웠다.

"장 소협은 그냥 편히 쉬다 가시면 되니 너무 걱정하지 마시구려."

그런 장권호의 생각을 읽은 듯 말한 남궁철은 장권

호가 말없이 차를 마시자 자신이 너무 앞서갔다는 생각에 부드러운 표정으로 다시 말했다.

"그리고 이곳에 계시다 보면 강남의 젊은 후기지수들이 방문할지도 모르오. 그 녀석들은 장 소협의 무공에 깊은 흥미를 가지고 있을 터이니 너무 어렵게 대하지는 마시오. 워낙에 혈기 왕성한 나이이고 자신의 무공에 강한 자신감을 가지고 있는 녀석들이니 조금 귀찮더라도 이해해주시오."

"걱정하지 마시오."

곧 남궁철이 자리에서 일어섰다.

"너무 오래 붙잡고 있었던 모양이오. 이만 가볼 테니 편히 쉬시오. 불편한 점이 있다면 밖에 있는 시비들에게 말하시오. 그럼 최대한 빠른 시간 안에 처리해드리겠소."

"배려에 감사하오."

"별말씀을……. 편히 쉬시오."

남궁철은 가볍게 인사한 후 밖으로 나갔다.

혼자 남은 장권호는 자리에서 일어나 미정원 안을 산책하듯 천천히 걸었다.

*　　*　　*

작은 집무실에 마주 앉아 대화를 나누는 남궁호성과 손태호의 표정은 거의 무표정에 가까웠다.

"아직까지 대답을 미루고 있다 하오."

"대답을 미룬다는 것은 우리를 기다린다는 뜻이 아니오?"

남궁호성의 말에 손태호가 되물었다.

"그렇소. 아무래도 최대한 빨리 가봐야 할 것 같소이다."

"우리도 선발대가 이곳에 도착하는 대로 가야겠소이다. 본대는 시간이 걸릴 테니 말이오. 선발대라도 가 있어야 마음이 편할 것 같소."

손태호가 마치 자신의 일인 것처럼 말했다.

"우리 남궁세가도 이틀 안에 선발대를 먼저 모용세가로 보내야겠소이다. 명이와 정이를 앞세워서 오백을 보낼 것이오. 그 뒤에 나하고 함께 모용세가로 갑시다."

"좋은 생각이오. 우리 손가의 본대가 도착하면 함께합시다."

"손 가주님과 함께라면 심심하지 않을 것이오. 후후."

"허허! 별말씀을 다 하시오."

웃으며 수염을 쓰다듬던 손태호가 문득 생각난 듯

물었다.

"유가에서는 흑룡방 때문에 움직이지 못하는 모양이오?"

"아무래도 그런 것 같소이다. 흑룡방의 무공은 그리 높은 편이 아니나 워낙에 인원이 많지 않소이까? 그러니 유가에서도 조심할 수밖에 없지요. 허나 위급하다면 언제라도 온다 하였소."

"그것참 다행이오."

구주성도 두려운 상대지만 유가의 입장에서는 바로 앞에 있는 흑룡방이 더 신경 쓰일 것이다. 또한 흑룡방의 뒤에 구주성이 있으니 유가가 흑룡방을 막아준다면 구주성을 막아주는 것이나 마찬가지였다.

"풍운회는 어떻게 한다고 하오?"

"풍운회는 아직 움직이지 않을 모양이오. 그들이 내려오면 정사대전으로 발전될 가능성이 높기 때문에 조심스러운 것 같소."

"그럴 것이오……."

손태호는 남궁호성의 말을 이해했다. 풍운회까지 맞선다면 수정궁 또한 구주성과 함께할 것이 분명했다. 그리고 수정궁이 함께하게 되면 당연히 귀문도 함께할 것이다. 귀문이야 오 할에 가까운 힘이 사라졌다고 하지만 그래도 귀문은 귀문이었다. 언제라도 정파와 싸울 준비가 되어 있는 것이다.

"남궁철입니다."

그때 문밖에서 남궁철의 목소리가 들렸다.

"들어오거라."

남궁호성의 대답을 들은 남궁철이 문을 열고 들어와 두 사람에게 인사한 후 빈자리에 앉았다.

"만나보니 어떤가?"

남궁호성의 물음에 남궁철이 담담한 표정으로 대답했다.

"보는 순간 소문의 장권호라는 것을 알았습니다. 기도가 남다르더군요. 나이는 젊으나 소문처럼 대단한 기도를 가지고 있었습니다. 어디서 저런 젊은 고수가 나타났는지 놀랍더군요. 저조차도 쉽게 이기지 못할 인물로 보입니다."

남궁철이 저렇게 상대방을 칭찬하는 경우는 매우 드물었다. 그만큼 자존심이 강한 인물이었던 것이다. 그에 남궁호성과 손태호가 흥미로운 눈빛을 보였다.

"장가도 안 간 젊은 고수라……. 이거 강호의 늙은 이들이 가만히 있지 않겠소이다."

"허허! 시집 못 간 딸년이 있는 가장이라면 당연한 생각이지요."

"손 가주님 댁은 이미 딸들을 다 시집보내지 않으

셨습니까?"

남궁호성이 무슨 소리냐는 듯 묻자 손태호가 눈을 반짝였다.

"아직 손녀들이 있소이다. 허허허!"

"이런…… 욕심도 많으십니다. 하하하!"

둘은 큰 소리로 호탕하게 웃었다. 하지만 둘 다 내심은 같아 보였다.

"장 소협이야 워낙에 명성이 높은 인물이니 우리만 그렇게 관심이 있겠소? 허나 사람은 만나봐야 알고 또 겪어봐야 하는 법. 남궁세가에 머무는 동안 그 인물의 그릇을 살펴봐야겠소이다."

남궁호성이 남궁세가를 강조하며 말했지만 손태호는 그저 빙그레 미소만 보일 뿐이었다. 남궁호성의 딸들보다 자신의 손녀들이 더욱 뛰어나다고 자부했기 때문이다.

"그런데 장 소협은 이곳에 왜 온 것인가? 무슨 목적이라도 있나?"

"아닙니다. 강남에 내려왔다가 남궁세가의 명성을 듣고 들른 것으로 보입니다."

"그런가? 흐음……."

남궁호성은 남궁철의 대답에 신경이 쓰이는 듯했다.

손태호가 그런 남궁호성에게 말했다.

"장 소협도 남궁세가의 무공에 관심이 있지 않겠소이까? 아무래도 남궁가주를 보려는 것 같소이다."

"나를 말이오?"

"남궁가주도 젊었을 때 여러 문파를 다니면서 비무를 하지 않았소이까? 허허허!"

남궁호성도 그럴지 모른다는 생각을 하였다.

"아무런 이유도 없이 그냥 우리 집에 왔을 리는 없을 테고, 내가 목적이라……. 이거 오래전 추억들이 떠오르는 것 같소이다."

"만약 장 소협이 비무를 청하면 어찌할 생각이오?"

"흐음……."

손태호가 묻자 수염을 쓰다듬던 남궁호성이 눈을 반짝이며 말했다.

"특별히 거절할 이유는 없지 않겠소? 오랜만에 용안(龍眼)을 꺼내 미리 손질 좀 해두어야 할 것 같소이다. 후후후."

남궁호성의 말에 손태호는 굳은 표정으로 고개를 끄덕였다. 그의 용안검은 거의 모습을 보인 적이 없었다. 그만큼 상대를 인정할 때만 꺼내는 그의 분신이었던 것이다.

남궁철 역시 남궁호성이 용안검을 말하자 상당히 굳은 표정을 보였다. 그가 용안검을 마지막으로 뽑은 것은 오 년 전이었고, 그것도 비무 때문이 아니라 수련으로 인한 것이었다.

"장 소협과 함께 저녁 식사를 할 것이니 자네는 미리 장 소협에게 알리게나."

"알겠습니다."

"그 자리에 나도 가는 것이오?"

손태호의 물음에 남궁호성이 당연하다는 듯 말했다.

"당연히 계셔야지요. 그리고 저는 령아와 함께 자리할 것입니다."

"알겠네."

무슨 생각에서인지 눈웃음을 보이는 손태호였다.

장권호가 남궁세가에 왔다는 소식에 그곳에 머물고 있던 후기지수들도 상당히 동요했다.

강북에 삼도(三刀)가 있다면 강남에는 삼검(三劍)이 있었다. 강북삼도와 강남삼검은 후기지수들 중 최고였고, 독보적이었다. 특히나 강남삼검은 강북삼도에 비해 더욱 명성이 높았는데, 그 이유는 그들의 가문 때문이었다.

그들의 가문은 강남제일이라 불리는 가문들이었던 것이다.

또한 강남삼검의 목표는 언제나 조천천이었다. 자

신들과 나이 차이도 크게 나지 않는데 그의 명성은 이미 십대고수의 반열에 올라 있었고, 그것이 그들에게는 큰 자극제였다.

그런데 강호에 또 한 명의 신성이 등장하였다. 바로 장권호였다.

강북삼도와 더불어 강남삼검이라 불리며 강호에서 가장 기대받는 후기지수들인 남궁명과 손원, 제갈수는 한자리에 모여 있었다.

남궁명의 방 안에 앉아 있던 그들은 장권호의 방문 소식을 듣고 상당히 흥분된 표정들이었다.

"파산객(破散客)의 방문이라…… 남궁세가도 귀문처럼 깨지는 거 아닐까?"

제갈수가 농담처럼 말하자 남궁명이 굳은 표정을 보였다.

"남궁세가가 귀문 같은 사파와 비교될 곳인가?"

"농담이네. 단지 그자의 명성 때문에 그런 말을 한 것뿐이네."

"왜 온 것일까?"

제갈수에 이어 손원이 중얼거렸다.

"강남에 왔다면 한 번쯤 들르고 싶었겠지. 남궁세가가 어떤 곳인지 궁금하기도 했을 테고 말이야."

"그런 이유라면 크게 걱정은 없지만 왠지 껄끄럽군."

두 사람의 말에도 남궁명은 가볍게 미소를 보일 뿐이었다.

"오히려 잘된 게 아닌가? 그토록 대단한 무인이 왔다니 말이야. 한 번쯤 만나보고 싶었던 사람이네."

"겨룰 생각인 모양이군?"

손원이 묻자 남궁명은 당연하다는 듯 고개를 끄덕였다.

"이런 기회가 흔할 것 같은가?"

"흔한 기회는 아니지. 허나 허락받지 못할 것이네."

제갈수가 담담한 목소리로 말했다. 남궁명 역시 인정한다는 듯 선선히 고개를 끄덕였다.

"그렇겠지. 소문이 아무리 과장되었다 해도 그자는 귀문주를 쓰러뜨린 인물이니…… 함부로 나서지 못하게 하겠지."

"그래도 나는 그자의 무공이 궁금해서 견딜 수가 없네그려."

"자네……."

"그냥 그렇다는 말일세."

손원이 제갈수의 시선에 손을 젓자 남궁명은 말없이 미소만 보였다. 이미 손원의 마음을 읽은 것이다. 그것을 모를 제갈수가 아니었지만 더 이상 입을 열지는 않았다. 자신도 같은 마음이었기 때문이다.

*　　*　　*

방 안에서 검을 손질하던 남궁령은 황급히 들어오는 남궁정으로 인해 자리에서 일어섰다.

"무슨 일인데 그리 급하게 들어오시는 건가요?"

"네가 알면 좋아할 것 같은 소식이라서 급히 왔다."

"네? 무슨 소식인데요?"

"네가 전에 말했던 장권호가 본가에 온 모양이다. 지금 미정원에 머물고 있다 한다."

"정말이요?"

남궁령은 뒤도 안 보고 밖으로 뛰어나갔다. 물론 손에는 검을 들고 있는 상태였다.

미정원을 산책하듯 걸은 후 방 안으로 돌아온 장권호는 시비들이 준비한 다과를 먹으며 한가한 시간을 보내고 있었다.

'이런…….'

문득 남궁세가에서 헤어진 송과 연이 떠올랐다. 하지만 하오문에서도 정예라 불리는 그녀들이었기에 곧 걱정하는 마음을 접었다.

'알아서 잘 지내겠지.'

그때 소란스러운 발걸음 소리와 함께 시비들을 무시하고 들어오는 사람이 있었다.

"안으로 들어갈게요."

그 말과 함께 들어온 남궁령은 눈앞에 앉아 있는 장권호의 모습을 확인하고 입가에 미소를 걸었다. 그건 반가움의 미소가 아니라 복수의 미소였다.

자신을 무시했던 장권호에게 복수하고 싶은 게 그녀의 본래 마음이자 이곳을 찾아온 목적이었다. 하지만 막상 눈앞에 장권호가 서 있자 어떤 말을 해야 할지 몰라 망설였다.

"앉을게요."

남궁령은 장권호의 대답도 듣지 않은 채 의자에 앉았다.

"저 기억하지요?"

"모를 리가 있겠소? 남궁 소저가 아니시오?"

"그래도 기억한다니 기분이 조금 풀리네요."

"내게 무슨 원한이라도 있소?"

장권호의 물음에 남궁령이 조금 화가 난다는 듯 그를 노려보았다.

"그건 본인이 가장 잘 알지 않나요?"

장권호가 모르겠다는 듯 고개를 젓자 남궁령은 자신도 모르게 어깨를 떨어야 했다.

"정말 무례한 사람이군요. 사과 한마디면 될 일이에요."

그 말에 장권호가 팔짱을 끼며 정색한 표정으로 말했다.

"마치 내가 무슨 큰 잘못이라도 한 것처럼 말하는구려. 내가 남궁 소저께 큰 실수를 한 것이오? 그 당시에 나는 어려움에 처한 사람을 도왔을 뿐이오. 그게 큰 실수였단 말이오?"

장권호가 구강에서의 일을 상기시키며 말하자 남궁령은 아미를 찌푸렸다. 반박할 말이 떠오르지 않았기 때문이다. 그러나 곧 뭔가가 생각난 듯 눈을 반짝이며 말했다.

"어려움에 처한 건 저였어요. 다수로 아녀자를 핍박하는 게 어려움에 처한 것인가요? 그건 강호의 도리가 아니지 않나요?"

남궁령의 눈빛이 차갑게 반짝였다. 어떤 말이 나올지 기대하는 눈빛이었다.

"분명 그들은 다수였으나 남궁 소저의 무공으로 볼 때 그들이 유리한 조건은 아니었소. 무인은 숫자로 말을 하면 안 되는 법이오. 오직 자신의 실력으로 말을 해야 하오. 그들은 손에 나뭇가지를 든 어린아이들이었지만 남궁 소저는 손에 강철검을 든 어른이었소. 검 한번 휘두르면 모두 쓸어버릴 실력을 가지고 있었단 말이오. 그만큼 강한 사람이 그런 아이들에게 핍박을 받았다고 말을 하다니 창피하지 않소?"

장권호의 말이 틀리지는 않았지만 마음에 들지도 않았기에 남궁령은 아미를 찌푸리며 살기를 보일 수밖에 없었다.

"그러니까 장 소협은 제게 사과를 못 하겠다는 말이군요?"

"내가 남궁 소저께 무례했던 모양이오? 그렇다면 사과할 테니 기분 푸시오. 미안하오."

장권호가 정중히 말하자 남궁령은 어이없다는 듯 헛웃음을 보였다. 하지만 화를 낼 수가 없었다. 상대방이 사과를 했기 때문이다. 받아주지 않는다면 오히려 이상한 일이 될 것이다.

"장 소협은 입담이 강하군요. 마치 손 언니를 보는 것 같아요. 나중에 손 언니와 붙여두면 상당히 볼 만하겠군요."

"그렇소?"

"남자가 말이 많으면 없어 보이죠. 장 소협은 명성과는 다르게 쪼잔한 사람처럼 보이네요."

남궁령은 화가 가라앉지 않자 계속해서 장권호를 자극했지만 장권호는 별다른 변화가 없었다.

"나하고 말싸움을 하려고 온 것이오?"

"설마요."

"그런데 자꾸 말로 싸움을 거는 것 같구려. 남궁세가처럼 이름 높은 가문의 여자가 할 짓은 아니라고 생각하오."

순간 남궁령의 얼굴이 붉게 달아올랐다.

"하하하!"

그 모습이 재미있는지 장권호는 결국 참지 못하고 크게 웃음을 터뜨렸다.

"정말 몰염치한 사람이군요!"

남궁령이 강한 살기와 함께 검을 뽑으려고 하자 장권호가 손을 들어 막았다.

"미안하오. 하하하! 그냥 남궁 소저의 모습을 보니 내가 아는 친구가 떠올라 그런 것이오. 그 친구도 소저처럼 자기감정을 잘 조절할 줄 모른다오."

장권호는 가내하를 떠올리며 말했다.

"흥!"

남궁령은 검을 도로 검집에 넣었다.

"자기감정을 잘 조절하지 못하는 것은 아직 수련이 부족해서 그런 것이니 너무 신경 쓰지 마시오."

"뭐라고요!"

남궁령이 다시 검의 손잡이를 잡으며 화난 표정을 보였다.

"그만큼 아직 순수하다는 뜻이오. 남궁 소저는 여자로서 참으로 매력 있는 사람이오."

"병 주고 약 주는 건가요? 내가 왜 이 방에 이렇게 있는지 그 이유조차 모르겠어요."

화난 목소리로 말한 남궁령은 속이 타는지 의자에 앉아 단숨에 차를 마셨다. 그래도 매력 있다는 말에 자신도 모르게 기분이 풀린 그녀였다.

"손님이 오셨습니다."

남궁령과 장권호의 시선이 동시에 시비에게 향했다.

"들어오시라 하게나."

곧 백의를 곱게 차려입은 손지우가 모습을 보였다.

"손가의 손지우라 해요. 장 소협의 명성을 익히 듣고 한번 뵙고 싶었어요. 다행히 이렇게 뵐 수 있는 기회가 와서 무례한 줄 알면서도 찾아왔어요."

그녀의 등장에 남궁령의 아미에 주름이 잡혔다.

"네 방에 가니 벌써 이곳에 갔다고 해서…… 이렇게 왔어."

손지우 역시 남궁령이 혼자 이 방에 온 것을 탓하는 것 같았다.

"빠르네요."

남궁령의 말에 손지우가 손으로 입을 가리며 웃었다.

"호호! 나보다 동생이 더 빠른데? 신속한 그 행동에 많이 놀라고 있는 중이야."

그런 모습조차 가식처럼 느끼는 남궁령이었다. 그녀의 행동 하나까지도 상당히 신경이 쓰이는 듯했다.

"두 분 소저를 보니 자매를 보는 듯한 기분이오. 평소에도 친한 편이오?"

"물론이에요."

"그럴 리가요."

손지우는 당연하다고 대답했고, 남궁령은 아니라고 대답하다 장권호의 시선에 당황한 듯 손을 마구 저었다.

"아니, 그게 아니라…… 오해하지 마세요. 정말 친하지만……."

막상 변명을 하려니 떠오르는 말이 없었다. 남궁령은 머릿속이 하얗게 타버리는 기분을 느껴야 했다.

그 모습에 손지우가 미소를 보이며 말했다.

"크게 신경 쓰지 마세요. 동생이 원래 낯을 많이 가리는 편이라서 그래요. 그것보다 장 소협은 남궁세가에 어떤 일로 오신 건가요?"

"남궁세가의 명성이 높아 구경하고 싶어서 온 것이오."

"강호를 유람하시는 건가요?"

"그렇소."

무적명을 찾아 강호를 돌아다니는 것이니 유람하는 것과 다를 것은 없다고 생각했다.

"다음에 절강성에 오신다면 저희 손가에도 들르세요. 장 소협이 오신다면 언제라도 환영할게요."

"그렇게 하겠소. 손 소저를 보기 위해서라도 꼭 가야겠소이다."

"오시면 정말 맛 좋은 해물 요리를 원 없이 드실 수 있어요."

"흐음, 해물이라…… 쉽게 먹어본 적이 없는 요리이니 정말 가야겠소이다."

장권호가 반응을 보이자 남궁령이 중얼거리듯 말했다.

"해물 요리야 여기서도 얼마든지 먹을 수 있는데 무슨……."

그에 손지우가 싸늘한 시선을 던졌다. 방해하지 말라는 듯한 눈빛이었다.

"장 소협을 만나면 꼭 물어보고 싶은 게 있었어요. 물어봐도 되나요?"

"물론이오."

"귀문주와의 싸움이 정말 궁금해요. 어떻게 귀문주와 겨루게 되었나요?"

손지우의 물음에 남궁령도 호기심이 생겼는지 눈을 반짝였다.

"그건 내 명성이 강호의 넓음에 비해 보잘것없었기 때문이오. 과연 변방이라 불리는 장백파의 제자로서 남궁세가에 왔다면 이렇게 편하게 앉아 있을 수 있었겠소?"

손지우가 그 말에 동의한다는 듯 고개를 끄덕였다.

"귀문주와 겨루었기에 이렇게 편하게 된 것 같소. 강호에서 활동하려면 명성이 필요했소이다. 그래서 겨룬 것이오. 귀문주의 무공은…… 말로 표현 못할 정도로 강했다오."

"장 소협의 무공을 직접 보고 싶군요."

손지우가 호기심 가득 찬 표정으로 말했다.

"곧 보게 될 것 같소이다. 밖에 손님이 와 있으니 말이오."

장권호의 말에 손지우와 남궁령은 눈을 크게 떴다.

곧 방 안으로 남궁정이 들어왔다.

남궁세가에 들어온 지 반나절도 지나지 않아 장권호는 또 다른 손님을 만나야 했다.

"남궁정이라 하오. 장 소협과 겨루고 싶소이다."

안으로 들어와 인사를 건넨 남궁정이 자신의 목적

을 말했다.

장권호는 송유와 겨루었던 남궁정을 보았기에 그의 무공이 어느 정도인지 이미 알고 있었다.

"나와 겨루고 싶소?"

"그렇소."

"나갑시다."

검과 도를 한 손에 하나씩 든 장권호가 먼저 밖으로 나가자 남궁정이 그 뒤를 따랐다.

"령아는 이곳에 있어. 손 소저도 계셨으면 하오."

밖으로 나가려던 남궁정이 자신을 따라 나오려는 두 사람에게 말했다.

손지우와 남궁령은 가만히 고개를 끄덕이며 의자에 앉았다.

밖으로 나온 남궁정은 미정원의 뒤쪽 단풍나무 사이의 공터로 들어갔다. 그곳에는 이미 장권호가 묵도를 꺼내 쥔 채 서 있었다.

검은 도신을 바라보는 남궁정의 표정이 딱딱하게 굳었다.

"패할 것을 각오하고 나와 비무를 하려는 이유가 무엇인가?"

장권호의 물음에 남궁정은 솔직하게 말했다.

"이길 생각은 없소. 단지 지금의 내 수준이 어느 정

도인지 그것을 알고자 하오."

장권호는 고개를 끄덕였다. 그런 이유라면 충분히 비무할 가치가 있었기 때문이다.

"자네와 송유의 비무를 보았네."

장권호의 말에 남궁정은 조금 놀란 표정을 보였다.

"그날 와 있었소?"

"물론. 자네 아버님의 생신인데 같은 강호인으로서 술이라도 한잔 마시고 가야 하지 않겠나?"

"후후, 고맙소이다. 부끄러운 모습을 보여드린 것 같소."

장권호는 고개를 저었다. 송유와 남궁정의 실력은 크게 차이가 없었다. 단지 송유의 검이 더 좋았을 뿐이었다.

"시작하지."

"장 형처럼 명성 높은 고수와 비무를 할 수 있게 되어서 참으로 영광이오."

스릉!

말을 끝낸 남궁정은 검을 뽑아들었다. 그의 기도가 날카롭게 변하였고, 눈빛이 차갑게 반짝였다. 정말 최선을 다하려는 듯 그의 검에 아지랑이 같은 검기가 반 장이나 피어났다. 모든 내력을 처음부터 다 끌어모은 것이다.

"하압!"

기합성과 함께 남궁정의 발이 반원을 그리며 앞으로 움직이자 '쉬식!' 거리는 소리와 함께 뱀이 움직이는 모습처럼 휘어진 검기가 날아들었다. 그건 검이 아니라 마치 채찍 같았다.

장권호는 제자리에서 움직이지 않은 채 가볍게 묵도를 앞으로 뻗었다.

이내 묵빛 도기가 검기와 마주쳤다.

팟!

검기와 도기가 부딪치자 공기가 찢어지는 듯한 소리와 함께 바람이 일어났다. 그 가운데 남궁정은 더욱 빠르게 검을 움직였고, 그의 검이 채찍처럼 장권호를 휘어 감았다.

쉬쉬쉭!

검기가 삼면에서 날아들자 장권호는 번개처럼 도를 앞으로 뻗어 허공을 찍었다. 그 자리에 남궁정이 있었다.

남궁정은 자신에게 날아드는 검은빛을 재빠르게 검을 거두어 막았다.

파팍!

도기를 막는 그의 어깨가 미미하게 흔들렸다. 도기와 부딪치는 순간 강렬한 충격이 팔을 타고 전해져왔기 때문이다.

쩡!

마지막 삼도를 막자 더욱 강력해진 충격이 손안으로 파고들어왔다. 마치 송곳이 찌르는 듯한 느낌이었다.

"……!"

남궁정은 저도 모르게 놀라 뒤로 물러섰다. 자신의 호신강기를 뚫고 들어오는 장권호의 암경에 그것이 내력의 차이라는 것을 금세 깨달을 수 있었다.

"다시 가겠소."

팟!

빠르게 보법을 밟으며 움직이는 남궁정의 신형과 함께 십여 개의 검기가 '쉬쉬쉭!' 하는 소리와 함께 공기를 가르고 날아들었다.

그런 그의 검기 속으로 들어간 장권호의 신형이 수십 개의 잔상과 함께 흔들리듯 움직여 검기를 피하자 남궁정은 눈을 크게 떴다. 장권호의 유령보였다.

"헉!"

매우 놀라 뒤로 물러선 남궁정은 낮은 자세로 신형을 돌리며 다가오는 장권호를 향해 검기를 뿌렸다. '쉬악!' 거리는 뱀이 기어가는 소리와 함께 사선의 검기가 날아들었다. 남궁세가의 독문검법 중 하나인

주홍검법(朱紅劍法) 선팔수로(旋捌水路)의 절초였다.

장권호는 번개 같은 남궁정의 일격에 잠시 놀란 표정을 보였지만 그것은 찰나에 불과했다. 오히려 도를 이용해 망치로 못을 박듯 그의 검기를 때렸다.

쩡!

강렬한 소음과 함께 검기가 사라졌다. 손이 부서질 것 같은 충격에 비틀거린 남궁정은 검을 놓칠 뻔한 것을 가까스로 잡았다.

자신도 모르게 손목을 부여잡고 물러선 그가 인상을 찡그리며 장권호를 바라보았다. 무엇보다 자신이 가장 자신 있어 하는 초식이 너무나 어이없이 막혔다는 것에 놀라고 있었다. 설마 이렇게 무식하게 막을 거라고는 생각지 못하였다.

보통은 피하거나 검을 흘려보내고 빈틈을 노렸다. 하지만 장권호는 오히려 막으면서 내상을 입게 만들었다. 그의 내력이 그만큼 대단하다는 증거였고, 처음부터 상대가 안 됐다는 뜻을 보여준 것이었다.

"자네의 단점은 과감성이 없다는 것 정도? 좀 더 목숨을 걸고 싸운다면 초식이 더욱 살아날 것 같네."

장권호의 말에 남궁정은 미미하게 고개를 끄덕였다.

"사람을 죽인 적이 없는 모양이군?"

"그렇소. 그리고 사람을 죽일 생각도 없소이다."

"좋은 마음가짐이네……. 그만하지."

장권호가 먼저 도를 거두자 남궁정도 더 이상의 비무는 무의미하다는 것에 동의한 듯 검을 거두었다.

"감사하오."

남궁정이 포권을 한 후 미련 없이 신형을 돌렸다.

"아……."

신형을 돌린 남궁정은 그곳에 서 있는 손원을 볼 수 있었다. 그는 남궁정과 가볍게 인사를 나눈 후 장권호를 바라보았고, 남궁정은 그를 스쳐 지나갔다.

남궁정이 멀어지자 손원이 눈을 반짝이며 말했다.

"손원이라 하오. 장 소협의 명성은 귀에 딱지가 붙을 정도로 많이 들었소이다."

"장권호라 하오."

"장 소협과 한번 놀고 싶어서 왔소. 무례가 안 된다면 함께하고 싶소이다."

"가볍게라면 상관없소이다."

장권호가 도를 들며 말했다.

"가볍게 하지요, 가볍게……."

손원도 그리하겠다는 듯 선선히 고개를 끄덕이며 검을 들었다.

"먼저 가겠소."

"그러시오."

손원은 장권호의 대답에 망설이지도 않고 빠르게 나아갔다. 선수필승(先手必勝)이란 말이 있다. 그 말처럼 처음부터 장권호를 이기려는 기세였다.

팟!

그의 신형이 잔상만을 남긴 채 수십 개의 검기를 만들며 사라졌다.

*　　*　　*

어둡고 습한 공기만이 맴도는 동굴 안에 들리는 소리라곤 반쯤 잠긴 물소리와 천장에서 떨어지는 물소리뿐이었다. 그곳은 동물들도 찾지 않는 동굴이었고, 사람의 모습은 어디에도 없었다.

"으음……."

마치 죽은 듯한 동굴 안에서 사람의 침음성이 흘러나왔다. 목소리는 분명 땅에서 들렸는데 땅은 검은색만 가득 차 있었다.

그때 검은색이 조금씩 바람에 휘날리더니 사람의 피부색이 드러났다.

슥!

상체를 들자 백색의 고운 여자의 나신이 검은 머리카락과 함께 나타났다. 길게 흘러내린 머리카락이 무릎까지 덮고 있었지만 봉긋한 가슴으로 보아 여자가 분명했다.

"아, 머리야……."

그녀는 아미를 찡그리다 고개를 젓고는 힘을 주어 일어섰다.

순간 그녀의 신형이 바람 소리와 함께 삼 장여나 솟구쳤다.

쉬악!

"앗!"

놀란 그녀는 저도 모르게 눈을 동그랗게 뜨고는 바닥에 내려섰다. 자신의 몸이 깃털이라도 된 것처럼 가벼웠다.

손을 들어 바라보자 전과 달리 너무 고운 손으로 변해 있었다. 피부 역시 고운 백색이었고, 머리카락도 윤기가 흐르는 것을 느낄 수 있었다.

기억은 잘 안 나지만 분명 운기를 했었고, 그로 인해 뭔가 변화가 생긴 것 같았다.

그녀는 가볍게 손을 들었다.

쉭!

순간 무색투명한 칼날 같은 바람이 그녀의 손에서 일어나 동굴의 벽에 '팍!' 하는 소리와 함께 박혔다.

"이럴 수가…… 바람을 만들다니……."

그녀는 자신도 모르게 중얼거렸다. 비선신공을 극성으로 익혀야만 가능한 바람이 손에서 나타났기 때문이다.

무언가를 깨달은 사람처럼 멍하니 있던 그녀는 곧 햇살에 반사되는 수면 속에 자신의 얼굴을 비추어보았다.

그 속에서 자신을 바라보는 또 하나의 얼굴을 본 그녀의 전신이 크게 흔들리기 시작했다.

"내가…… 내가……."

〈다음 권에 계속〉

그로스
언리미티드
주현성 판타지 장편소설
FANTASYSTORY & ADVENTUR
그로스Gross 내스티Nasty,
이제부터 그것이 자네의 이름이네
자네의 모습을 보니 그 이상 가는 이름은
찾을 수 없을 것 같군.
이름을 지어준 친우가 살해당한 그때,
무한한 잠재력을 지닌 괴물이 복수를 결심했다.

박제후 판타지 장편소설

FANTASYSTORY & ADVENTURE

원수의 심장에 겨눈 불꽃의 검은 아직 타오르지도 않았으니,
눈보라에 섞여 들려오는 용의 고동 소리에 귀 기울여라!

박제후 판타지 장편소설

「드래곤 나이트」

갈증이, 갈증이 가시지 않는다.
핏줄을 타고 흐르는 용의 혈통을 일깨워
몰락과 소멸의 그림자 위에 복수의 불길을 피워 올리리라!

dream books
드림북스